KB031318

마음으로 읽고
가슴으로 느끼는
詩

마음으로 사랑하고
가슴으로 아끼는
당신께 드립니다

님께

드림

도서출판 문장

마음으로 읽고 가슴으로 느끼는 詩

김택원 엮음

1판 1쇄 발행 2004. 6. 15.
1판 3쇄 발행 2007. 6. 20.

발행처 도서출판 문장
발행인 김 택 원

등록번호 제 10-35

서울시 동대문구 용두2동 724-1 화성빌딩 302호
대표전화 | 02)929-9495, 팩스 | 02)929-9496
E-mail | moonjangbook@hanmail.net

© 문장 2007

ISBN 978-89-7507-036-5 03810

값 7,000원

* 문장의 책은 당신의 행복을 찾아드립니다.

❖ 이 책에 수록된 시는 저자 및 저작권협회로부터 게재를 승인 받았습니다.

아름다운 시를 찾으면서…

우리 마음에 사랑과 평화를 주는 시들을 골라 보았습니다.
마음으로 읽고 가슴으로 느끼는 아름다운 사랑의 시 102편을 정성껏 실었습니다.
독자들이 가장 많이 찾고 사랑하는
한국 명시 51편과 외국 명시 51편을 찾아냈습니다.

이 책에 실린 시들은 모두 독자를 상대로 직접 설문조사를 한 후,
다시 사이버 상에서 확인하여 엄선한 시들입니다.
수많은 시들 중에서 한 편 한 편 찾아낸다는 것이 정말로 쉽지 않은 작업이었습니다.
물론 여기에 싣지 못한 아름다운 시들도 많이 있습니다. 그리고 외국 명시는
학계의 전문가에 의해 현대적인 감각으로 새롭게 옮겼습니다.

가장 좋아하는 친구에게, 가장 소중한 사람에게 시집을 드리는 것은
최고의 선물이 되어, 영원히 소중하게 간직하게 될 것입니다.

Contents

한국명시

Contents

외국명시

한국명시

마음으로 읽고 가슴으로 느끼는 詩

교 고정희 김남조 김소월 김용택 김지향 김초혜 김춘수 나희덕 노천명 도종환
진 박목월 박인환 서정윤 서정주 신경림 오세영 용혜원 유안진 유치환 윤동주
이외수 이해인 정지용 정채봉 조병화 조지훈 천상병 피천득 한용운 황동규

사랑법

강은교

떠나고 싶은 자
떠나게 하고
잠들고 싶은 자
잠들게 하고
그러고도 남는 시간은
침묵할 것.

또는 꽃에 대하여
또는 하늘에 대하여
또는 무덤에 대하여

서둘지 말 것
침묵할 것.

그대 살 속의
오래전에 굳은 날개와
흐르지 않는 강물과
누워 있는 누워 있는 구름,
결코 잠 깨지 않는 별을

쉽게 꿈꾸지 말고
쉽게 흐르지 말고
쉽게 꽃 피지 말고
그러므로

실눈으로 볼 것
떠나고 싶은 자
홀로 떠나는 모습을
잠들고 싶은 자
홀로 잠드는 모습을

가장 큰 하늘은 언제나
그대 등 뒤에 있다.

*강은교 : 1946년 함남 홍원에서 태어났다. 연세대 영문과 및 동 대학원 졸업. 1968년 9월 〈사상계(思想界)〉 신인문학상에 《순례자의 잠》이 당선 등단. 동아대 국문과 교수. 시집으로는《허무집》, 《빈자일기》, 《벽 속의 편지》 외 다수.

겨울 사랑

고정희

그 한 번의 따뜻한 감촉
단 한 번의 묵묵한 이별이
몇 번의 겨울을 버티게 했습니다
사람과 사람 사이에 벽이 허물어지고
활짝 활짝 문 열리던 밤의 모닥불 사이로
마음과 마음을 헤집고
푸르게 범람하던 치자꽃 향기,
소백산 한쪽을 들어올린 포옹,
혈관 속을 서서히 운행하던 별,
그 한 번의 그윽한 기쁨
단 한 번의 이윽한 진실이
내 일생을 버티게 할지도 모릅니다.

*고정희(1948~1991): 전남 해남에서 태어났다. 한국 신학대 졸. 1975년 〈현대시학〉에 '연가' '부활 그 이후'를 발표하면서 등단. 1983년 대한민국 문학상을 수상. 시집으로는 《누가 홀로 술틀을 밟고 있는가》, 《초혼제》, 《눈물꽃》 외 다수.

강가에서

고정희

할 말이 차츰 없어지고
다시는 편지도 쓸 수 없는 날이 왔습니다
유유히 내 생을 가로질러 흐르는
유년의 푸른 풀밭 강둑에 나와
물이 흐르는 쪽으로
오매불망 그대에게 주고 싶은 마음 한쪽 뚝 떼어
가거라, 가거라 실어 보내니
그 위에 홀연히 햇빛 부서지는 모습
그 위에 남서풍이 입맞춤하는 모습
바라보는 일로도 해 저물었습니다.

불현듯 강 건너 빈집에 불이 켜지고
사립에 그대 영혼 같은 노을이 걸리니
바위틈에 매어 놓은 목란배 한 척
황혼을 따라
그대 사는 쪽으로 노를 저었습니다.

생명

김남조

생명은
추운 몸으로 온다
벌거벗고 언 땅에 꽂혀 자라는
초록의 겨울보리
생명의 어머니도 먼 곳
추운 몸으로 왔다

진실도
부서지고 불에 타면서 온다
버려지고 피 흘리면서 온다

겨울나무들을 보라
추위의 면도날로 제 몸을 다듬는다
잎은 떨어져 먼 날의 섭리에 불려가고
줄기는 이렇듯이
충전 부싯돌임을 보라

금가고 일그러진 걸 사랑할 줄 모르는 이는
친구가 아니다
상한 살을 헤집고 입 맞출 줄 모르는 이는
친구가 아니다

생명은
추운 몸으로 온다
열두 대문 다 지나온 추위로
하얗게 드러눕는
함박눈 눈송이로 온다.

*김남조: 1927년 경북 대구에서 태어났다. 서울대 사범대 국문과 졸업. 한국여류문학인회 회장, 숙명여대 교수 역임. 대한민국 문화예술상 수상. 시집으로는 《나무와 바람》, 《겨울바다》, 《목숨》외 다수.

만남을 소중히 여기는 사람

김남조

만남을 소중히 여기는 사람과 사랑하세요.
그래야 행여나 당신에게 이별이 찾아와도
당신과의 만남을 잊지 않고 기억해 줄 테니까요.

사랑을 할 줄 아는 사람과 사랑을 하세요.
그래야 행여나 익숙지 못한 사랑으로
당신을 떠나보내는 일은 없을 테니까요.

무언가를 잃어본 적이 있는 사람과 사랑을 하세요.
그래야 행여나 무언가를 잃어버릴 때가 오더라도
잃어버린다는 아픔을 알고
더 이상 잃어버리고 싶어하지 않을 테니까요.

기다림을 아는 이와 사랑을 하세요.
그래야 행여나 당신이 방황을 할 때
그저 이유없이 당신을 기다려 줄 테니까요.

슬픔을 아는 이와 사랑을 하세요.
그래야 행여나 가슴이 시린 겨울이 와도
그대의 따뜻한 가슴에 몸을 녹일 수 있을 테니까요.

진실된 사람과 사랑하세요.
그래야 행여나 그대 나의 거짓된 모습을 보더라도
그대의 진실로 나를 감싸 줄 테니까요.

진실로 자신의 모든 것을 사랑해 줄 수 있는 이와 사랑하세요.
그래야 행여나 당신의 한 모습이 나빠 보이더라도
사랑하는 이의 다른 모습을 보며 감싸안을 수 있을 테니까요.

그리고 진실로 진실로 자기 자신을
사랑할 줄 아는 이와 사랑하세요.
자신을 사랑할 줄 아는 사람이 남 또한 사랑할 줄 아는 거래요.

못잊어

김소월

못 잊어 생각이 나겠지요
그런 대로 한 세상 지내시구려
사노라면 잊힐 날 있으리다

못 잊어 생각이 나겠지요
그런 대로 세월만 가라시구려
못 잊어도 더러는 잊히오리다

그러나 또 한껏 이렇지요
"그리워 살뜰히 못 잊는데
어쩌면 생각이 또 나지요?"

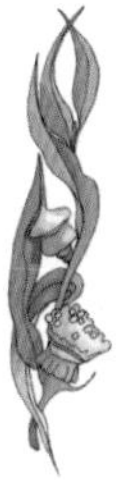

*김소월(1902-1934): 평안북도 구성군에서 태어났다. 본명은 김정식. 조부가 개설한 서당에서 한문 수학, 1923년 배재 고보 졸업. 시집으로는 《진달래꽃》, 《소월시초》 등이 있다. 1934년 고향 곽산에서 음독자살한 시체로 발견됨. 1968년 서울 남산에 소월시비가 세워졌다..

금잔디

김소월

잔디
잔디
금잔디
심심(深深)산천에 붙는 불은
가신 임 무덤가에 금잔디
봄이 왔네, 봄빛이 왔네
버드나무 끝에도 실가지에
봄빛이 왔네, 봄날이 왔네
심심산천에도 금잔디에.

초혼 (招魂)

김소월

산산이 부서진 이름이여!
허공중에 헤어진 이름이여!
불러도 주인 없는 이름이여!
부르다가 내가 죽을 이름이여!

심중(心中)에 남아 있는 말 한 마디는
끝끝내 마저 하지 못하였구나
사랑하던 그 사람이여!
사랑하던 그 사람이여!

붉은 해는 서산마루에 걸리었다
사슴의 무리도 슬피 운다
떨어져 나가 앉은 산 위에서
나는 그대의 이름을 부르노라

설움에 겹도록 부르노라
설움에 겹도록 부르노라
부르는 소리는 비껴가지만

하늘과 땅 사이가 너무 넓구나

선 채로 이 자리에 돌이 되어도
부르다가 내가 죽을 이름이여!

사랑하던 그 사람이여!
사랑하던 그 사람이여!

단 한 번의 사랑

김용택

이 세상에
나만 아는 숲이 있습니다
꽃이 피고
눈 내리고 바람이 불어
차곡차곡 솔잎 쌓인
고요한 그 숲길에서
오래 이룬
단 하나
단 한 번의 사랑
당신은 내게
그런
사랑입니다.

*김용택: 1948년 전라북도 임실에서 태어났다. 순창 농림고등학교 졸업. 《꺼지지 않은 횃불》, 《섬진강1》 등을 발표하며 등단. 소월시문학상 수상. 시집 《맑은 날》, 《꽃산 가는 길》, 《강 같은 세월》 등 다수.

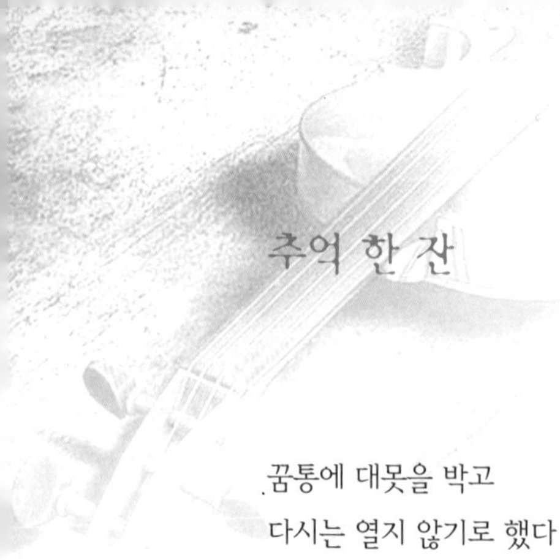

추억 한 잔

김지향

꿈통에 대못을 박고
다시는 열지 않기로 했다

나의 이 굳은 결의 앞에
기억의 스크린이
책장처럼 넘어간다

스크린 한 토막 뚝, 잘라내어
가슴의 가마솥에 넣고 천천히 끓인다
허름한 삶 한 자락이
조청처럼 졸아들어
추억 한 잔으로 남았다

한 잔 속에 가라앉아 타고 있는
비릿한 추억의 눈을
만지작거리는 나에게
꿈통에 박힌 대못이 크게 확대되어 왔다

성급한 나의 결의를
저항이나 하듯이.

*김지향: 1938년 일본 큐슈에서 태어났다. 경상남도 김해로 귀국. 홍익대학교 국어국문학과 졸업. 한국여류문학인회 창립. 국제 PEN클럽 한국본부 이사. 한양여자대학 문예창작과 교수. 시집으로는 《병실》, 《사랑 만들기》, 《빛과 어둠 사이》 외 다수. 시론집 《한국현대여성시인연구》가 있다.

호숫가에서

김지향

집앞의 호수에 담긴
가을의 옆얼굴을 들여다본다
흠집 하나 없는 거울알이다
거울 속엔
털이 다 벗어진
숭어 몇이서
흩어져 있는 풍금소리를 모으고 있다
여름을 떠메고 돌아서는 시간의 손이
붉은 물감을 뿌려놓고 간 뒤로
한쪽 뺨이 붉은 사과알이 내려와
데굴데굴 덜 찬 속살을 내비치고
한쪽 가슴이 붉은 나뭇잎은
가슴의 붉은 물을 씻어 놓고 있다
붉은 물감으로 생기를 얻은
집앞의 거울알은
나의 골 속까지 뚫고 들어가
때가 좀 끼인 골의 구석구석을 비추어
어디서 혼자 우는 비를 피한

죄를 드러내고
항상 해가 지는 쪽으로
얼굴을 돌리고 있는
다 풀린 내 눈꺼풀을 뜯어내면서
굵다란 회초리로
내 시든 종아리를 때리고 있다

나는 다시 물이 오른 종아리로
가슴을 떨면서
해묵은 헌 죄를 다 털어내고 털어내고
마침내 그 호수 속 생기로 돌아간다.

사랑굿 1

김초혜

그대 내게 오지 않음은
만남이 싫어 아니라
떠남을
두려워함인 것을 압니다

나의 눈물이 당신인 것을
알면서도 모르는 체
감추어두는
숨은 뜻은
버릴래야 버릴 수 없고
얻을래야 얻을 수 없는
화염(火焰) 때문임을 압니다

곁에 있는
아픔도 아픔이겠지만
보내는 아픔이
더 크기에

그립고 사는
사랑의 혹법(酷法)을 압니다

두 마음이 맞비치어
모든 것 되어도
갖고 싶어 갖지 않는
사랑의 보(褓)를 묶을 줄 압니다.

*김초혜: 1943년 서울에서 태어났다. 동국대 국문학과 졸업. 〈현대문학〉지에 《4월》발표로 등단. 육군사관학교 교수역임. 《떠돌이 별》로 한국문학상 수상. 한국시인협회상, 현대문학상 등 수상. 시집 《사랑굿》 등이 있다. 30여년을 한결같이 시 작품에만 몰두했다.

사랑

김초혜

소리 없이 와서
흔적도 없이 갔건만
남은 세월은
눈물이다

무쇠바퀴 돌아간
마음 위에
그대 감아 버린 가슴은
울음으로 녹아 있고

서로 먼 마음 되어
비껴 지나도
그대 마음 넘나드는
물새가 되고

물과 물이 섞이듯
섞인 마음을
나눠 갖지 못하면서
하지 않는 사랑이다.

너와 나

김춘수

맺을 수 없는 너였기에
잊을 수 없었고

잊을 수 없는 너였기에
괴로운 건 나였다.

그리운 건 너
괴로운 건 나.

서로 만나 사귀고 서로 헤어짐이
모든 사람의 일생이려니.

*김춘수 : 1922년 경남 충무에서 태어났다. 일본대학 예술부 창작과 중퇴. 경북대학교 교수 역임. 자유아시아 문학상 수상. 1981년 국회의원 피선. 시집 〈늪〉, 〈꽃의 소묘〉, 〈비에 젖은 달〉 외 다수 있으며, 〈김춘수 전집〉이 1986년 도서출판 문장에서 간행되었다.

꽃

김춘수

내가 그의 이름을 불러 주기 전에는
그는 다만 하나의 몸짓에 지나지 않았다

내가 그의 이름을 불러 주었을 때
그는 나에게로 와서 꽃이 되었다

내가 그의 이름을 불러 준 것처럼
나의 이 빛깔과 향기에 알맞은
누가 나의 이름을 불러다오

그에게로 가서 나도
그의 꽃이 되고 싶다

우리들은 모두
무엇이 되고 싶다
너는 나에게 나는 너에게
잊혀지지 않는 하나의 눈짓이 되고 싶다.

너무 이른, 또는 너무 늦은

나희덕

늦은 사랑에도 속도가 있다면 그것은 아마
솔잎혹파리가 숲을 휩쓰는 것과 같을 것입니다

한 순간인 듯 한 계절인 듯
마음이 병들고도 남는 게 있다면
먹힌 마음을 스스로 달고 서 있어야 할
길고 긴 시간일 것입니다

수시로 병들지 않는다 하던
청청(靑靑)의 숲마저
예민해진 잎살을 마디마디 세우고
스치이는 바람결에도
잿빛 그림자를 흔들어댈 것입니다

멀리서 보면 너무 이른, 또는 너무 늦은
단풍이 든 것만 같아
그 미친 빛마저 곱습니다.

*나희덕 : 1966년 충남 논산에서 태어났다. 연세대 국문학과 졸업. 김수영문학상 수상. 작품으로는 〈어두워진다는 것〉, 〈그 말이 잎을 물들였다〉, 〈뿌리에게〉 등이 있다.

봄비

노천명

강에 얼음장 꺼지는 소리가 들립니다
이는 내 가슴속 어디서 나는 소리 같습니다

봄이 온다기로
밤새것 울어 새일 것은 없으련만
밤을 새워 땅이 꺼지게 통곡함은
이 겨울이 가는 때문이었습니다

한밤을 줄기차게 서러워함은
겨울이 또 하나 가려 함이었습니다

화려한 꽃철을 가져온다지만
이 겨울을 보냄은
견딜 수 없는 비애였기에
한밤을 울어울어 보내는 것입니다.

*노천명(1912-1957): 황해도 장연에서 태어났다. 1934년 이화여자전문학교 영문과 졸업. 재학 중 《밤의 찬미》를 『신동아』에 발표. 시집 《별을 쳐다보며》, 《사랑의 노래》, 《산호림》, 《모가지가 길어 슬픈 짐승이여》 외 다수.

이름 없는 여인이 되어

노천명

어느 조그만 산골로 들어가
나는 이름 없는 여인이 되고 싶소
초가지붕에 박넝쿨 올리고
삼밭엔 오이랑 호박을 놓고
마당엔 하늘을 욕심껏 들여놓고
밤이면 실컷 별을 안고
부엉이가 우는 밤도 내가 외롭지 않겠소

기차가 지나가버리는 마을
놋양푼의 수수엿을 녹여 먹으며
내 좋은 사람과 밤이 늦도록
여우 나는 산골 얘기를 하면
삽살개는 달을 짖고
나는 여왕보다 더 행복하겠소.

희망

노천명

꽃술이 바람에 고갯짓하고
숲들 사뭇 우짖습니다

그대가 오신다는 기별만 같아
치맛자락 풀덤불에 걸키며
그대를 맞으러 나왔습니다

내 낭자에 산호잠 하나 못 꽂고
실안개 도는 갑사치마도 못 걸친 채
그대 황홀히 나를 맞아주겠거니…
오신다는 길가에 나왔습니다

저 산말낭에 그대가 금시 나타날 것만 같습니다
녹음 사이 당신의 말굽소리가 들리는 것 같습니다
내 가슴이 왜 갑자기 설렙니까

꽃다발을 샘물에 축이며 축이며
산마루를 쳐다보고 또 쳐다봅니다.

영원히 사랑한다는 것은

도종환

영원히 사랑한다는 것은
조용히 사랑한다는 것입니다
영원히 사랑한다는 것은
자연의 하나처럼 사랑한다는 것입니다
서둘러 고독에서 벗어나려 하지 않고
기다림으로 채워간다는 것입니다
비어 있어야 비로소 가득해지는 사랑
영원히 사랑한다는 것은
평온한 마음으로 아침을 맞는다는 것입니다

사랑하는 사람을 잃는 것은
몸 한 쪽이 허물어지는 것과 같아
골짝을 빠지는 산울음 소리로
평생을 떠돌고도 싶습니다
그러나 사랑을 흙에 묻고
돌아보는 이 땅 위에
그림자 하나 남지 않고 말았을 때

바람 한 줄기로 깨닫는 것이 있습니다
이 세상 사는 동안 모두 크고 작은 사랑의 아픔으로
절망하고 뉘우치고 원망하고 돌아서지만
사랑은 다시 믿음 다시 참음 다시 기다림
다시 비워두는 마음으로
하나가 되어야 한다는 것입니다

사랑으로 찢긴 가슴은
사랑이 아니고는 아물지 않지만
사랑으로 잃은 것들은
사랑이 아니고는 찾아지지 않지만
사랑으로 떠나간 것들은
사랑이 아니고는 다시 돌아오지 않지만

비우지 않고 어떻게 우리가
큰 사랑의 그 속에 들 수 있습니까
한 개의 희고 깨끗한 그릇으로 비어 있지 않고야

어떻게 거듭거듭 가득 채울 수 있습니까
영원히 사랑한다는 것은
평온한 마음으로 다시 기다린다는 것입니다.

*도종환: 1954년 충북 청주에서 태어났다. 충북대 국어교육과 졸업. 동인지『분단시대』에 〈고두미 마을에서〉로 등단. 시집 《접시꽃 당신》, 《내가 사랑하는 당신은》, 《당신은 누구십니까》 등이 있다.

저 고독

박두진

당신을 언제나 우러러 뵈옵지만
당신의 계신 곳을 알지 못합니다
당신의 인자하신 음성에 접하지만
당신의 말씀의 뜻을 알 수 없습니다
당신은 내게서 너무 멀리에 계셨다가
너무너무 어떤 때는 가까이에 계십니다
당신이 나를 속속들이 아신다고 할 때
나는 나를 더욱 알 수 없고
당신이 나를 모른다고 하실 때
비로소 조금은 나를 압니다
이 세상 모두가 참으로 당신의 것
당신이 계실 때만 비로소 뜻이 있고
내가 나일 때는 뜻이 없음은
당신이 당신이신 당신 때문입니다
나는 당신에게서만 나를 찾고
나에게서 당신을 찾을 수 없습니다
밤에도 낮에도 당신 때문에 사실은 울고
나 때문에 당신이 우시는 것을 압니다

천지에 나만 남아 나 혼자임을 알 때
그때 나는 나를 주체할 수가 없습니다
어디로도 나는 나를 가져갈 수가 없습니다.

*박두진(1916–1998): 경기도 안성에서 태어났다. 정지용에 의해 문장에 추천. 연세대 교수 역임. 지용문학상, 인촌상 수상. 박목월, 조지훈과 함께 청록파 시인이었으며, 독실한 기독교 신자로 학처럼 깨끗하게 살았음. 시집으로 〈해〉, 〈거미와 성좌〉, 〈포옹무한〉 외 다수.

4월의 노래

박목월

목련꽃 그늘 아래서
베르테르의 편질 읽노라
구름꽃 피는 언덕에서 피리를 부노라
아 멀리 떠나와 이름 없는 항구에서
배를 타노라
돌아온 4월은 생명의 등불을 밝혀든다
빛나는 꿈의 계절아
눈물어린 무지개 계절아

목련꽃 그늘 아래서
긴 사연의 편질 쓰노라
클로버 피는 언덕에서 휘파람 부노라
아 멀리 떠나와 깊은 산골 나무 아래서
별을 보노라
돌아온 4월은 생명의 등불을 밝혀 든다
빛나는 꿈의 계절아
눈물어린 무지개 계절아.

*박목월(1916–1978): 본명은 박영종. 1916년 경남 고성에서 태어났다. 1946년 김동리, 서정주 등과 함께 조선청년문학가협회 결성. 한국시인협회 회장 역임. 시집 《청록집》, 《산도화》, 《구름에 달 가듯이》 외 다수.

세월이 가면

박인환

지금 그 사람 이름은 잊었지만
그 눈동자 입술은
내 가슴에 있네

바람이 불고
비가 올 때도
나는
저 유리창 밖 가로등
그늘의 밤을 잊지 못하지

사랑은 가고 옛날은 남는 것
여름날의 호숫가 가을의 공원
그 벤치 위에
나뭇잎은 떨어지고
나뭇잎은 흙이 되고
나뭇잎에 덮여서
우리들 사랑이 사라진다 해도

지금 그 사람 이름은 잊었지만

그 눈동자 이름은

내 가슴에 있네

내 서늘한 가슴에 있네.

*박인환(1926–1956): 강원도 인제에서 태어났다. 평양의학전문학교 수학. 시집으로는 〈박인환시선집〉, 〈목마와 숙녀〉가 있다. 이진섭에 의해 작곡되어 널리 불리고 있는 〈세월이 가면〉과 〈목마와 숙녀〉는 학자들 간에 평가가 엇갈리기도 하지만, 일반 독자들로부터는 대단한 인기를 누리고 있는 작품이다.

목마와 숙녀

박인환

한 잔의 술을 마시고
우리는 버지니아 울프의 생애와
목마를 타고 떠난 숙녀의 옷자락을 이야기한다.
목마는 주인을 버리고 그저 방울 소리만 울리며
가을 속으로 떠났다.
술병에서 별이 떨어진다.
상심한 별은 내 가슴에 가볍게 부서진다.
그러한 잠시 내가 알던 소녀는
정원의 초목 옆에서 자라고
문학이 죽고 인생이 죽고
사랑의 진리마저 애증의 그림자를 버릴 때
목마를 탄 사랑의 사람은 보이지 않는다.

세월은 가고 오는 것
한때는 고립을 피하고 시들어 가고
이제 우리는 작별하여야 한다.
술병이 바람에 쓰러지는 소리를 들으며
늙은 여류 작가의 눈을 바라다보아야 한다.

등대에…
불이 보이지 않아도
그저 간직한 페시미즘의 미래를 위하여
우리는 처량한 목마 소리를 기억하여야 한다
모든 것이 떠나든 죽든
그저 가슴에 남은 희미한 의식을 붙잡고
우리는 버지니아 울프의 서러운 이야기를 들어야 한다.

두 개의 바위 틈을 지나 청춘을 찾는 뱀과 같이
눈을 뜨고 한 잔의 술을 마셔야 한다.
인생은 외롭지도 않고
그저 잡지의 표지처럼 통속하거늘
한탄할 그 무엇이 무서워서 우리는 떠나는 것일까.

목마는 하늘에 있고
방울 소리는 귓전에 철렁거리는데
가을 바람 소리는
내 쓰러진 술병 속에서 목메어 우는데.

아직도 사랑한다는 말에

서정윤

사랑한다는 말로도
다 전할 수 없는
내 마음을
이렇게 노을에다 그립니다

사랑의 고통이 아무리 클지라도
결국 사랑할 수밖에,
다른 어떤 것으로도
대신할 수 없는 우리 삶이기에
내 몸과 마음을 태워
이 저녁 밝혀드립니다

다시 하나가 되는 게
그다지 두려울지라도
목숨 붙어 있는 지금은
그대에게 내 사랑
전하고 싶어요

아직도 사랑한다는 말에
익숙하지 못하기에
붉은 노을 한편 적어
그대의 창에 보냅니다.

*서정윤: 1957년 대구에서 태어났다. 영남대학교 국문과에 입학하며 스승인 김춘수 시인을 만나 많은 영향을 받았다. 작품 〈홀로서기〉도 이 당시에 발표되기 시작한 작품들이다. 밀양 밀성중 · 고등학교에서 교직생활을 하며 창작에만 전념함. 시집으로는 《홀로 서기》, 《점등인의 별에서》 등이 있다.

푸르른 날

서정주

눈이 부시게 푸르른 날은
그리운 사람을 그리워하자

저기 저기 저 가을 꽃 자리
초록이 지쳐 단풍 드는데

눈이 내리면 어이 하리야
봄이 또 오면 어이 하리야

내가 죽고서 네가 산다면!
네가 죽고서 내가 산다면?

눈이 부시게 푸르른 날은
그리운 사람을 그리워하자.

*서정주(1915-2000): 전북 고창에서 태어났다. 서당에서 한학 수학. 고창고등보통학교에 편입학, 자퇴. 한국시의 신대륙을 개척한 탁월한 언어의 연금술사. 시집으로 《화사집》, 《국화 옆에서》, 《늙은 떠돌이의 시》 외 다수.

가난한 사랑 노래

신경림

가난하다고 해서 외로움을 모르겠는가
너와 헤어져 돌아오는
눈 쌓인 골목길에 새파랗게 달빛이 쏟아지는데
가난하다고 해서 두려움이 없겠는가
두 점을 치는 소리
방범대원의 호각소리 메밀묵 사려 소리에
눈을 뜨면 멀리 육중한 기계 굴러가는 소리
가난하다고 해서 그리움을 버렸겠는가
어머님 보고 싶소 수없이 뇌어보지만
집 뒤 감나무에 까치밥으로 하나 남았을
새빨간 감 바람소리도 그려보지만
가난하다고 해서 사랑을 모르겠는가
내 볼에 와 닿던 네 입술의 뜨거움
사랑한다고 사랑한다고 속삭이던 네 숨결
돌아서는 내 등뒤에 터지던 네 울음
가난하다고 해서 왜 모르겠는가
가난하기 때문에 이것들을
이 모든 것들을 버려야 한다는 것을.

*신경림: 1935년 충북 중원에서 태어났다. 동국대학교 영문학과 졸업. 대학 3학년 때《낮달》, 《갈대》, 《석상》 등이 『문학예술』지에 추천되어 등단하였다. 제1회 만해문학상 수상. 민족문학작가회 회장 및 한국민족예술인총연합 공동 의장. 시집으로는 《농무》, 《씻김굿》, 《쓰러진 자의 꿈》 외 다수.

이별의 말

오세영

설령 그것이
마지막의 말이 된다 하더라도
기다려달라는 말은 헤어지자는 말보다
얼마나
아름다운가
이별은 말로 하는 것이 아니라
눈으로 하는 것이다
'안녕'
손을 내미는 그의 눈에
어리는 꽃잎,
한때 격정으로 휘몰아치던 나의 사랑은
이제 꽃잎으로 지고 있다
이별은 봄에도 오는 것
우리의 슬픈 가을은 아직도 멀다
기다려달라고 말해다오
설령 그것이
마지막의 말이 된다 하더라도.

*오세영: 1942년 전남 영광에서 태어났다. 서울대학교 국문학과 및 동 대학원 졸업. 『현대문학』에 〈잠 깨는 추상〉 등이 추천되어 등단하였다. 소월시문학상 수상, 정지용 문학상 수상. 서울대학교 국문학과 교수. 시집으로 《반란(反亂)하는 빛》, 《사랑의 저쪽》, 《꽃은 별을 우러르며 산다》 외 다수.

그대를 사랑한 뒤로는

용혜원

그대를 사랑한 뒤로는
내 마음이 그리도 달라질 수 있을까요
보이는 것마다
만나는 것마다
어찌 그리도 좋을까요

사랑이 병이라면
오래도록 앓아도 좋겠습니다.

그대를 사랑한 뒤로는
내 영혼이 그리도 달라질 수 있을까요
온 세상 모두 아름다워
보이는 것마다
만나는 것마다
어찌 그리도 좋을까요

사랑이 불꽃이라면
온 영혼을 사 두어도 좋겠습니다.

*용혜원: 1952년 서울에서 태어났다. '다락방 문인'에서 활동하던 중 『문학과 의식』을 통해 등단. 한돌교회 담임목사. 저서로는 《사랑이 눈을 뜰 때면》, 《네가 내 가슴에 없는 날은 1》, 《사랑이 그리움뿐이라면》, 《나는 너를 사랑하고만 싶다》 외 다수.

휘파람을 불어다오

유안진

이 허황된 시대의 한구석에
나를 용납해 준 너그러움과
있는 나를 없는 듯이 여기는 괄시에 대한
보답과 분풀이로

가장 초라하여 아프고 아픈
한 소절의 노래로
오그라들고 꼬부라지고 다시 꺾어들어서

노래 자체가 제목과 곡조인
한 소절의 모국어로
내 허망아
휘파람을 불어다오.

*유안진: 1941년 경북 안동에서 태어났다. 서울대학교 사범대학 교육학과 졸업. 박목월 시인 추천으로 현대문학에 《달》, 《별》로 등단. 펜문학상 수상. 저서로는 시집 《달하》, 《절망시편》, 《물로 바람으로》 등과 장편소설 《바람꽃은 시들지 않는다》 등 다수.

그리움

유치환

오늘은 바람이 불고
나의 마음은 울고 있다
일찍이 너와 거닐고 바라보던
그 하늘 아래 거리건마는
아무리 찾으려도 없는 얼굴이여
바람 센 오늘은 더욱 더 그리워
진종일 헛되이 나의 마음은
공중의 깃발처럼 울고만 있나니
오오, 너는 어드메 꽃같이 숨었느냐.

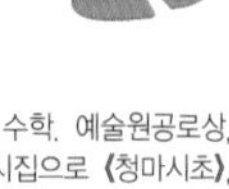

*유치환(1908~1967): 경남 충무에서 태어났다. 연희전문학교 문과 수학. 예술원공로상, 서울시문화상, 부산시문화상 수상. 한국시인협회 초대 회장에 피선. 시집으로 《청마시초》, 《보병과 더불어》, 《미루나무와 남풍》 외 다수.

행복

유치환

사랑하는 것은
사랑을 받느니보다 행복하나니라
오늘도 나는
에메랄드빛 하늘이 환히 내다뵈는
우체국 창문 앞에 와서 너에게 편지를 쓴다

행길을 향한 문으로 숱한 사람들이
제각기 한 가지씩 생각에 족한 얼굴로 와선
총총히 우표를 사고 전보지를 받고
먼 고향으로 또는 그리운 사람께로
슬프고 즐겁고 다정한 사연들을 보내나니

세상의 고달픈 바람결에 시달리고 나부끼어
더욱더 의지 삼고 피어 헝클어진 인정의 꽃밭에서
너와 나의 애틋한 연분도
한망울 연연한 진홍빛 양귀비꽃인지도 모른다

사랑하는 것은
사랑을 받느니보다 행복하나니라
오늘도 나는 너에게 편지를 쓰나니
그리운 이여 그러면 안녕!

설령 이것이 이 세상 마지막 인사가 될지라도
사랑하였으므로 나는 진정 행복하였네라.

편지

윤동주

누나
이 겨울에도
눈이 가득히 왔습니다.

흰 봉투에
눈을 한 줌 넣고
글씨도 쓰지 말고
우표도 붙이지 말고
말쑥하게 그대로
편지를 부칠까요?

누나 가신 나라엔
눈이 아니 온다기에

*윤동주(1917–1945): 북간도 명동촌(明東村)에서 태어났다. 연희전문학교 문과 수학. 일본 도시샤(同志社) 대학 영문과 수학. 1943년 송몽규와 함께 독립운동 혐의로 일본 경찰에 체포, 후쿠오카 형무소에서 옥사. 친구 정병욱과 아우 윤일주에 의하여 시집 《하늘과 바람과 별의 시》 출간.

별 헤는 밤

윤동주

계절이 지나가는 하늘에는
가을로 가득 차 있습니다

나는 아무 걱정도 없이
가을 속의 별들을 다 헤일 듯합니다

가슴속에 하나 둘 새겨지는 별을
이제 다 못 헤는 것은
쉬이 아침이 오는 까닭이요,
내일 밤이 남은 까닭이요,
아직 나의 청춘이 다하지 않은 까닭입니다

별 하나에 추억과
별 하나에 사랑과
별 하나에 슬쓸함과
별 하나에 동경과
별 하나에 시와
별 하나에 어머니, 어머니,

어머님,
나는 별 하나에 아름다운 말 한마디씩 불러봅니다
소학교 때 책상을 같이했던 아이들의 이름과,
패(佩), 경(鏡), 옥(玉) 이런 이국 소녀들의 이름과,
벌써 애기 어머니 된 계집애들의 이름과,
가난한 이웃 사람들의 이름과,
비둘기, 강아지, 토끼, 노새, 노루, '프랑시스 잼' '라이
너 마리아 릴케'
이런 시인의 이름을 불러봅니다

이네들은 너무나 멀리 있습니다
별이 아슬히 멀듯이,

어머님,
그리고 당신은 멀리 북간도에 계십니다

나는 무엇인지 그리워
이 많은 별빛이 내린 언덕 위에

내 이름자를 써 보고
흙으로 덮어버리었습니다

딴은 밤을 새워 우는 벌레는
부끄러운 이름을 슬퍼하는 까닭입니다

그러나 겨울이 지나고
나의 별에도 봄이 오면
무덤 위에 파란 잔디가 피어나듯이
내 이름자 묻힌 언덕 위에도
자랑처럼 풀이 무성할 게외다.

봄

윤동주

봄이 혈관 속에 시내처럼 흘러
돌, 돌, 시내 가차운 언덕에
개나리, 진달래, 노오란 배추꽃

삼동을 참아온 나는
풀포기처럼 피어난다.

즐거운 종달새야
어느 이랑에서 즐거웁게 솟쳐라.

푸르른 하늘은
아른아른 높기도 한데…….

가끔씩 그대 마음 흔들릴 때는

이외수

가끔씩 그대 마음 흔들릴 때는
한 그루 나무를 보라
바람 부는 날에는
바람 부는 쪽으로 흔들리나니

꽃 피는 날이 있다면
어찌 꽃 지는 날이 없으랴

온 세상을 뒤집는 바람에도
흔들리지 않는 뿌리
깊은 밤에도
소망은 하늘로 가지를 뻗어
달빛을 건지더라

더러는 인생에도 겨울이 찾아와
일기장 갈피마다 눈이 내리고
참담한 사랑마저 소식이 두절되더라

가끔씩 그대 마음 흔들릴 때는
침묵으로 세월의 깊은 강을 건너가는
한 그루 나무를 보라.

*이외수: 1946년 경남 함양에서 태어났다. 춘천교육대학 수학. 창작생활에만 전념하는 기인과 천재 소리를 동시에 듣는 작가. 시인으로서보다는 소설가로 더 잘 알려져 있다. 소설로 《겨울나기》, 《장수하늘소》, 《들개》 등이 있으며, 시집, 산문으로는 《내 잠속에 비 내리는데》, 《풀꽃 술잔 나비》, 《그대에게 던지는 사랑의 그물》 외 다수.

오늘은 내가 반달로 떠도

이해인

손 시린 나목의 가지 끝에
홀로 앉은 바람 같은
목숨의 빛깔

그대의 빈 하늘 위에
오늘은 내가 반달로 떠도
차오르는 빛

구름에 숨어서도
웃음 잃지 않는
누이처럼 부드러운 달빛이 된다

잎새 하나 남지 않은
나의 뜨락엔 바람이 차고
마음엔 불이 붙는 겨울날

빛이 있어
혼자서도

풍요로워라

맑고 높이 사는 법을
빛으로 출렁이는
겨울 반달이여.

*이해인: 1945년 강원도 양구에서 태어났다. 1964년 부산 성베네딕도 수녀원 입회. 서강대학교 대학원 종교학과 졸업. 새싹 문화상 수상. 부산여성문학상 수상. 저서로는 《오늘은 내가 반달로 떠도》, 《다른 옷은 입을 수가 없네》, 《외딴 마을의 빈집이 되고 싶다》, 《사랑할 땐 별이 되고》 외 다수.

반지

이해인

약속의 사슬로
나를 묶는다

조금씩 신음하며
닮아가는 너

난초 같은 나의 세월
몰래 넘겨보며

가늘게 한숨쉬는
사랑의 무게

말없이 인사 건네며
시간을 감는다

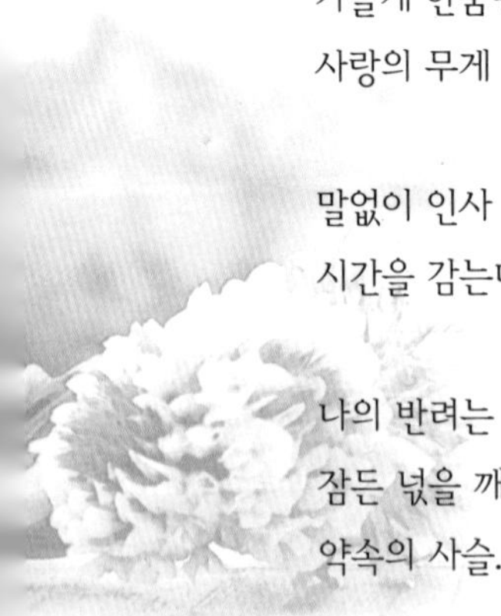

나의 반려는
잠든 넋을 깨우는
약속의 사슬.

향수

정지용

넓은 벌 동쪽 끝으로
옛이야기 지줄대는 실개천이 휘돌아나가고,
얼룩빼기 황소가
해설피 금빛 게으른 울음을 우는 곳,

—그곳이 차마 꿈엔들 잊힐 리야

질화로에 재가 식어지면
뷔인 밭에 밤바람 소리 말을 달리고,
엷은 졸음에 겨운 늙으신 아버지가
짚벼개를 돋아 고이시는 곳,

—그곳이 차마 꿈엔들 잊힐 리야

흙에서 자란 내 마음
파아란 하늘빛이 그립어
함부로 쏜 화살을 찾으러
풀섶 이슬에 함추름 휘적시던 곳,

—그곳이 차마 꿈엔들 잊힐 리야

전설 바다에 춤추는 밤물결 같은
검은 귀밑머리 날리는 어린 누이와
아무렇지도 않고 예쁠 것도 없는
사철 발벗은 아내가
따가운 햇살을 등에 지고 이삭 줍던 곳,

—그곳이 차마 꿈엔들 잊힐 리야

하늘에는 성근 별
알 수도 없는 모래성으로 발을 옮기고,
서리 까마귀 우지짖고 지나가는 초라한 지붕,
흐릿한 불빛에 돌아앉아 도란도란거리는 곳,

—그곳이 차마 꿈엔들 잊힐 리야.

*정지용(1903-1950): 충북 옥천에서 태어났다. 휘문고보, 일본 도오시샤대학 영문과 졸업. 이화여대 교수 역임. 시집으로는 《정지용 시집》, 《백록담》, 《지용 시선》 등이 있다.

고향

정지용

고향에 고향에 돌아와도
그리던 고향은 아니러뇨

산꿩이 알을 품고
뻐꾸기 제철에 울건만,

마음은 제 고향 지니지 않고
머언 항구로 떠도는 구름

오늘도 메 끝에 홀로 오르니
흰 점꽃이 인정스레 웃고

어린 시절에 불던 풀피리 소리 아니 나고
메마른 입술에 쓰디쓰다

고향에 고향에 돌아와도
그리던 하늘만이 높푸르구나.

너를 생각하는 것이 나의 일생이었지

정채봉

모래알 하나를 보고도
너를 생각했지
풀잎 하나를 보고도
너를 생각했지
너를 생각하게 하지 않는 것은
이 세상에 없어
너를 생각하는 것이
나의 일생이었지.

*정채봉(1946-2001): 전남 승주에서 태어났다. 동국대학교 국문학과 졸업. 대한민국문학상(아동문학부문), 소천아동문학상 수상. 동국대학교 예술대학 문예창작과 겸임교수 역임. 저서로는 《물에서 나온 새》, 《오세암》, 《바람과 풀꽃》, 《푸른 수평선은 왜 멀어지는가》 외 다수.

벗

조병화

벗은 존재의 숙소이다
그 등불이다
그 휴식이다
그리고
보이지 않는 먼 내일에의 여행
그 저린 뜨거운 눈물이다
그 손짓이다
오늘 이 아타미 해변
태양의 화석처럼
우리들 모여
어제를 이야기하며 오늘을 나눈다
그리고, 또
내일 뜬다.

*조병화(1921~2003): 경기도 안성에서 태어났다. 경성사범학교 보통과를 마치고 일본에 유학해 도쿄고등사범학교 졸업. 경희대 교수 역임. 한국시인협회상, 3·1문화상 수상. 저서로는 《하루만의 위안》, 《패각의 침실》, 《고독과 사색의 창가에서》 외 다수.

사랑하면

조병화

우리가 어쩌다가 이렇게 서로 알게 된 것은
우연이라 할 수 없는 한 인연이려니
그러다가 이별이 오면 그만큼 서운해지려니
그냥 지나칠 수 없는 슬픔이 되려니

우리가 어쩌다가 이렇게 알게 되어
서로 사랑하게 되면 그것도
어쩔 수 없는 한 운명이라 여겨지려니
이러다가 이별이 오면 그만큼 슬퍼지려니
이거 어쩔 수 없는 아픔이 되려니

우리가 어쩌다가 사랑하게 되어
서로 더욱 못견디게 그리워지면, 그것도
그렇게 될 수밖에 없는 숙명으로 여겨지려니
이러다가 이별이 오면 그만큼 뜨거운 눈물이려니

그렇게 될 수밖에 없는 흐느낌이 되려니
아, 사랑하게 되면 사랑하게 될수록

이별이 그만큼 더욱더 애절하게 되려니
그리워지면 그리워질수록, 그만큼
이별이 더욱더 참혹하게 되려니.

사모

조지훈

사랑을 다해 사랑하였노라고
정작 해야 할 말이 있음을 알았을 때
당신은 이미 남의 사람이 되어 있었다

불러야 할 뜨거운 노래를 가슴으로 죽이며
당신은 멀리 잃어지고 있었다
하마 곱스런 눈웃음이 잊혀지기 전
두고두고 아름다운 여인으로 잊어달라지만
남자에게 있어 여자란 기쁨 아니면 슬픔

다섯 손가락 끝을 잘라 핏물 오선을 그어
혼자서도 외롭지 않을 밤에 울어보리라

울어서 멍든 눈흘김으로
미워서 미워지도록 사랑하리라

한 잔은 떠나버린 너를 위해
한 잔은 너와의 영원한 사랑을 위해

또 한 잔은 이미 초라해진 나 자신을 위해
그리고 마지막 한 잔은
이미 알고 정하신 하느님을 위해.

*조지훈(1920–1968): 경북 영양에서 태어났다. 혜화전문 문과 졸업. 고대 문과대 교수 역임. 자유문학상 수상. 한국시인협회 회장. 시집으로는 《청록집》(공동 시집), 《풀잎 단장》, 《역사 앞에서》 외 다수. 일제 식민 통치 말기에 민족의 얼과 정서를 지키기 위해 숨어서 시를 쓴 민족적 전통시인.

흰구름

천상병

저 삼각형의 조그마한 구름이
유유히 하늘을 떠다닌다
무슨 볼일이라도 있을까?
아주 천천히 흐르는 저것에는
스쳐 지나는 바람이 있을뿐이다
바람은 구름의 연인이다
그래서 바람이 부는 곳으로
구름은 어김없이 간다
희디 흰 구름이여!
어느 계절이든지
구름은 전연 상관 않는다
오늘이 내일이 되듯이
구름은 유유하게 흐른다.

*천상병(1930-1993): 경상남도 창원에서 태어났다. 서울대 상과대학 수료. 1964년 김현옥 부산시장의 공보비서로 약 2년간 재직. 동백림 사건에 연루되어 투옥. 가난·무직·방탕·주벽 등으로 많은 일화를 남겼지만 우주의 근원, 죽음과 피안, 인생의 비통한 현실을 잘 표현한 시를 썼음. 시집으로 《주막에서》, 《저승 가는 데도 여비가 든다면》, 《귀천》 외 다수.

강물

천상병

강물이 모두 바다로 흐르는 그 까닭은
언덕에 서서
내가
온종일 울었다는
그 까닭만은 아니다

밤새 언덕에 서서
해바라기처럼, 그리움에 피던
그 까닭만은 아니다

언덕에 서서
내가
짐승처럼 서러움에 울고 있는 그 까닭은
강물이 모두 바다로만 흐르는 그 까닭만은 아니다.

너

피천득

눈보라 헤치며
날아와

눈 쌓이는 가지에
나래를 털고

그저 얼마 동안
앉아 있다가

깃털 하나
아니 떨구고

아득한 눈 속으로
사라져가는
너.

*피천득: 1910년 서울에서 태어났다. 중국 호강대학교 영문학과 졸업. 서울대 사범대학 교수 역임. 시인 · 수필가 · 영문학자. 저서로는 《서정소곡》, 《서정시집》, 《눈보라 치는 밤의 추억》, 그리고 《수필론》으로 유명함.

님의 침묵

한용운

님은 갔습니다 아아, 사랑하는 나의 님은 갔습니다
푸른 산빛을 깨치고 단풍나무 숲을 향하여 난 작은 길을 걸어서 차마 떨치고 갔습니다
황금의 꽃같이 굳고 빛나던 옛 맹세는 차디찬 티끌이 되어서 한숨의 미풍에 날아갔습니다
날카로운 첫키스의 추억은 나의 운명의 지침을 돌려놓고 뒷걸음쳐서 사라졌습니다
나는 향기로운 님의 말소리에 귀먹고 꽃다운 님의 얼굴에 눈멀었습니다
사랑도 사람의 일이라 만날 때에 미리 떠날 것을 염려하고 경계하지 아니한 것은 아니지만, 이별은 뜻밖의 일이 되고 놀란 가슴은 새로운 슬픔에 터집니다
그러나 이별을 쓸데없는 눈물의 원천으로 만들고 마는 것은 스스로 사랑을 깨치는 것인 줄 아는 까닭에 걷잡을 수 없는 슬픔의 힘을 옮겨서 새 희망의 정수박이에 들어부었습니다
우리는 만날 때에 떠날 것을 염려하는 것과 같이 떠날 때에 다시 만날 것을 믿습니다

아아, 님은 갔지마는 나는 님을 보내지 아니하였습니다

제 곡조를 못 이기는 사랑의 노래는 님의 침묵을 휩싸고 돕니다.

*한용운(1879-1944): 충남 홍성에서 태어났다. 서당에서 한학을 배우다가 동학농민운동에 가담했으나 실패하고 설악산 오세암, 백담사에서 승려가 됨. 1919년 3·1운동 때 민족대표 33인의 한 사람으로서 독립선언서에 서명. 저서로는 시집 《님의 침묵》 외에 《조선불교유신론》, 《십현담주해》, 《불교대전》, 장편소설 《흑풍》 등 다수.

사랑의 존재

한용운

사랑을 사랑이라고 하면, 벌써 사랑이 아닙니다
사랑을 이름지을 만한 말이나 글이 어디 있습니까
미소에 눌려서 괴로운 듯한 장미빛 입술인들
그것을 스칠 수가 있습니까
눈물의 뒤에 숨어서 슬픔의 흑암면(黑闇面)을 반사하는
가을 물결의 눈인들 그것을 비칠 수가 있습니까
그림자 없는 구름을 거쳐서, 메아리 없는 절벽을 거쳐서,
마음이 갈 수 없는 바다를 거쳐서 존재? 존재입니다

그 나라는 국경이 없습니다
수명은 시간이 아닙니다
사랑의 존재는 님의 눈과 님의 마음도 알지 못합니다

사랑의 비밀은 다만 님의 수건에 수놓는 바늘과,
님의 심으신 꽃나무와, 님의 잠과 시인의 상상과
그들만이 압니다.

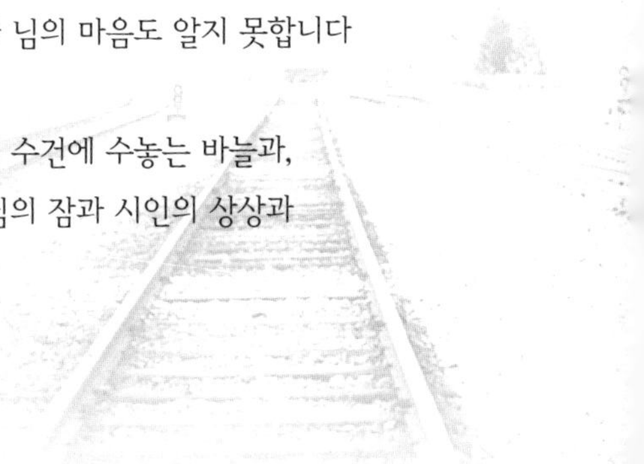

당신을 그렇게 사랑합니다

한용운

사랑하는 사람 앞에서는 사랑하다는 말을 안 합니다
아니하는 것이 아니라 못하는 것이 사랑의 진실입니다
잊어버려야 하겠다는 말은 잊을 수 없다는 말입니다
정말 잊고 싶을 때는 말이 없습니다

헤어질 때 돌아보지 않는 것은 너무 헤어지기 싫기 때문입니다
그것은 헤어지는 것이 아니라 같이 있다는 말입니다
사랑하는 사람 앞에서 웃는 것은 그만큼 행복하다는 말입니다
떠날 때 울면 잊지 못하는 증거요
뛰다가 가로등에 기대어 울면 오로지 당신만을 사랑한다는 증거입니다

잠시라도 같이 있음을 기뻐하고
애처롭기까지 만한 사랑을 할 수 있음에 감사하고
주기만 하는 사랑이라 지치지 말고
더 많이 줄 수 없음을 아파하고

남과 함께 즐거워한다고 질투하지 않고
그의 기쁨이라 여겨 함께 기뻐할 줄 알고
깨끗한 사랑으로 오래 기억할 수 있는
나 당신을 그렇게 사랑합니다.

조그만 사랑 노래

황동규

어제를 동여맨 편지를 받았다.
늘 그대 뒤를 따르던
길 문득 사라지고
길 아닌 것들도 사라지고
여기저기서 어린 날
우리와 놀아주던 돌들이
얼굴을 가리고 박혀 있다.
사랑한다 사랑한다, 주위 환한 저녁 하늘에
찬찬히 깨어진 금들이 보인다.
성긴 눈 날린다.
땅 어디에 내려앉지 못하고
눈 뜨고 떨며 한없이 떠다니는
몇 송이 눈.

*황동규: 1938년 서울에서 태어났다. 서울대 영문학과 졸업. 현대문학에 〈시월〉, 〈즐거운 편지〉 등이 추천되어 등단. 현대문학상, 한국문학상 수상. 서울대 영문학과 교수. 저서로는 《어떤 개인 날》, 《비가(悲歌)》, 《삼남에 내리는 눈》 외 다수.

외국명시

마음으로 읽고 가슴으로 느끼는 詩

괴테 구르몽 랭보 로제티 롱사르 롱펠로 릴케 바이런 번즈 베를레느
보들레르 브라우닝 아폴리네르 예이츠 워즈워드 위고 장 콕토
칼릴 지브란 타고르 포우 푸시킨 프로스트 하이네 헤세 휘트먼

나 당신을 사랑하는지

괴테

나 당신을 사랑하는지 나는 모른다
당신 얼굴 한 번만 보아도
당신 눈동자 한 번만 보아도
나의 마음은 모든 괴로움 벗어나고
나 얼마나 즐거워하는지 하느님만 알 뿐
나 당신을 사랑하는지 나는 모른다.

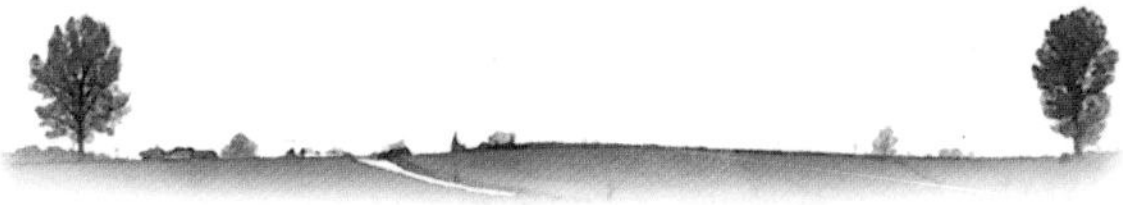

*괴테(Johann Wolfgang von Goethe, 1749-1832): 독일의 시인 · 극작가 · 정치가 · 과학자. 주요저서로는 《빌헬름 마이스터의 편력시대》, 《파우스트》, 《시와 진실》, 《이탈리아 기행》 등 수많은 작품들을 남겼음. 괴테는 세계문학사의 거인 중 한사람으로 널리 인정되는 독일의 대문호.

들장미

괴테

들에 핀 한 송이 장미꽃을
소년은 보았네
싱그럽고 아름답게 핀 장미꽃
가까이 보고 싶어 달려가는 소년
설레는 마음

장미여, 장미여, 붉은 장미여
들에 핀 장미여

소년이 말하네
너를 갖고 싶어 들에 핀 장미여
장미가 말하네
찌를 거야 나를 잊지 않도록
나는 결코 꺾이지 않을 거야

장미여, 장미여, 붉은 장미여
들에 핀 장미여

소년은 거칠게 꺾었네
들에 핀 장미를
장미가 저항하며 찔렀네
애원도 한숨도 소용없이

장미여, 장미여, 붉은 장미여
들에 핀 장미여.

낙 엽

구르몽

시몬, 나뭇잎 져버린 숲으로 가자
낙엽은 이끼와 돌과 오솔길을 덮고 있다
시몬, 너는 좋으냐 낙엽 밟는 소리가?

낙엽은 너무나도 고운 빛깔, 나지막한 목소리
낙엽은 너무나도 연약한 땅 위에 흩어져 있다
시몬, 너는 좋으냐 낙엽 밟는 소리가?

해질 무렵 낙엽은 너무나도 쓸쓸하다
바람에 흩어지며 낙엽은 속삭인다
시몬, 너는 좋으냐 낙엽 밟는 소리가?

발에 밟힌 낙엽은 영혼처럼 운다
낙엽은 날개 소리, 여자 옷자락 소리
시몬, 너는 좋으냐 낙엽 밟는 소리가?

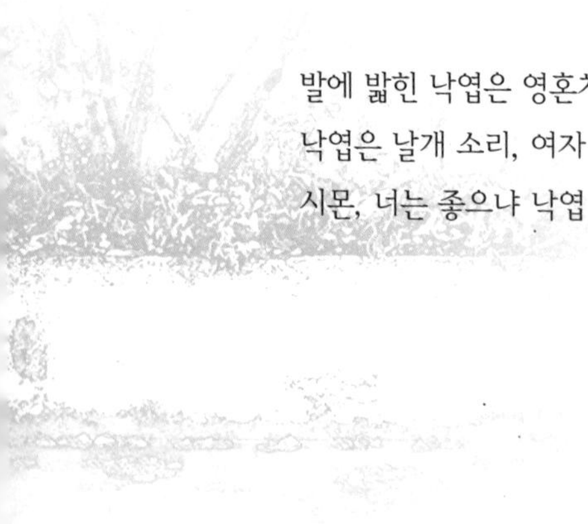

가까이 오라, 우리도 언젠가는 낙엽이 되리니
가까이 오라, 밤이 오고 바람이 분다
시몬, 너는 좋으냐 낙엽 밟는 소리가.

*구르몽(Rémy de Gourmont, 1858-1915): 프랑스의 작가, 평론가, 시인. 지성과 관능의 미묘한 융합으로 독자적인 시의 경지를 개척했음. 특히 평론은 넓은 지식과 섬세한 분석력으로 높이 평가되었다.

눈

구르몽

시몬, 눈은 그대 목처럼 하얗고
시몬, 눈은 그대 무릎처럼 하얗다

시몬, 그대 손은 눈처럼 차갑고
시몬, 그대 마음은 눈처럼 차갑다

눈은 불꽃의 입맞춤에 녹고
그대 마음은 이별의 입맞춤에 녹는다

눈은 소나무 가지 위에서 슬프고
그대 이마는 갈색 머리칼 아래에서 슬프다

시몬, 그대 동생인 눈은 안뜰에서 잠자고
시몬, 그대는 나의 눈, 나의 사랑이다.

감각

랭보

여름의 파란 저녁나절, 오솔길을 가리라
보리에 찔리며 밭을 밟으며
꿈꾸듯 내딛는 발걸음, 발자국마다 신선함을 느끼고
모자 없이, 불어오는 바람에 머리카락 날리네

말도 하지 않으리, 생각지도 않으리
그러나 내 마음 깊은 곳에서 사랑만이 솟아오르네
멀리 저 멀리 나는 떠나가리라, 마치 방랑자처럼
자연과 더불어, 연인과 함께 가듯 행복하게

*아르튀르 랭보(Rimbaud, Jean-Nicolas-Arthur, 1854-1891): 프랑스의 시인. 아버지가 일찍 집을 버리고 나가 어머니 밑에서 엄격한 교육을 받고 자랐다. 극히 조숙한 천재로 오늘날 남아 있는 그의 작품은 모두 15세에서 20세 사이에 쓴 것들이다.

나의 방랑생활

랭보

나는 떠났다. 다 해진 주머니에 두 손을 집어넣고
짧은 외투마저 낡아빠져 그렇게도 잘 어울리네
하늘 아래 나는 걸었다. 시의 신이여!
나는 당신의 충실한 신하
오, 랄랄라! 내 얼마나 멋진 사랑을 꿈꾸었으리
한 벌밖에 없는 바지는 구멍이 났지
꼬마 몽상가, 나는 길을 따라가며
시를 뿌렸다. 내 잠자리는 큰곰자리
하늘의 내 별들은 다정하게 속삭이네
나는 길가에 앉아 별들의 속삭임을 들었지
이 즐거운 9월의 멋진 저녁소리를
이마에 떨어지는 이슬방울 힘나는 술같이
환상적인 그림자 속에서 운을 맞추며
가슴 가까이 한 발을 대고 칠현금을 타듯
내 해진 구두의 구두끈을 잡아당기며!

나 죽거든

로세티

나 죽거든 님이시여
나를 위해 슬픈 노래는 부르지 마세요
내 머리맡에는 장미도
그늘질 키프로스 나무도 심지 마세요
비에 젖고 이슬 맺힌
푸른 풀로만 나를 덮어주세요
그리고 당신의 뜻대로 기억하시고
당신의 뜻대로 잊어주세요

나는 나무 그림자도 못 보고
빗방울도 못 느끼겠죠
괴로워 울어대는 밤 꾀꼬리의 노래도
이제는 듣지 못할 거예요
그리고 물들지도 지지도 않는
황혼 속에서 꿈꾸며
나는 당신을 생각할 거예요
아니, 어쩌면 잊을지도 모르죠.

*로세티(Christina G. Rosetti, 1830–1894): 영국의 여류시인. 환상시, 종교시 등으로 《요귀의 시장, 기타》, 《왕자의 순력》, 순결한 어린이의 마음을 노래한 동요시집 《창가》 등 다수.

나의 손이 활짝 핀 이 꽃으로…

롱사르

나의 손이 활짝 핀 이 꽃으로 엮어 만든
꽃다발을 그대에게 바칩니다
오늘 저녁에 꺾지 않으면
내일이면 땅에 떨어질 이 꽃을
이것은 분명히 그대에게 본보기가 됩니다
그대 모습이 제아무리 아름다워도
머지않아 모두 늙어 버리고
꽃들처럼 한순간에 죽음에 이를 것을
그대여 세월은 갑니다, 세월은 갑니다
아닙니다, 세월이 아니라 가는 것은 우리
그리고 곧 땅속에 묻힙니다
우리가 속삭이는 사랑도
죽고 나면 이미 가 버릴 것을
그대 날 사랑해 주오, 아름다운 동안.

*롱사르(Ronsard, Pierre de, 1524-1585): 16세기 프랑스 최대의 시인으로 중세 서정시와 근대의 상징시를 잇는 계승자 역할을 하였다. 〈엘렌느를 위한 소네트〉는 사랑과 더불어 노쇠와 죽음을 음영으로 묘사한 롱사르 시의 최고봉이다.

엘렌느를 위한 소네트

롱사르

그대 늙어 저녁 촛불 아래서
난롯가에 앉아 물레질을 할 때
나의 시를 읊으며 추억하리라
"그 옛날 내가 아름다웠던 시절 롱사르가 날 찬미했었지"

그때 이 말을 듣고, 일에 지쳐 졸고 있던
그대의 하녀 중 롱사르라는 소리에
잠 깨지 않은 이 없으리
그대의 이름을 불멸의 찬사로 찬미했던 그 이름을 듣고서

나는 땅에 묻혀 뼈 없는 유령이 되어
미르트 나무 그늘 아래 나는 쉬리라
그대는 노파 되어 난롯가에 있으리

내 사랑 아쉬워하며 그대의 오만함을 뉘우치리라
살아가시오, 내 말을 믿거든 내일을 기다리지 말고
오늘부터라도 인생의 장미를 따시오.

* '소네트'는 14행 시를 뜻한다.

인생 찬가

롱펠로

슬픈 목소리로 내게 말하지 마라
인생은 한낱 헛된 꿈에 지나지 않는다고!
잠든 영혼은 죽은 것이고
만물은 겉모양 그대로는 아니다

인생은 진실이! 인생은 진지한 것!
무덤이 인생의 종말은 아니다
'너는 본래 흙이니 흙으로 돌아가라'
이 말은 영혼을 두고 한 말이 아니다

우리가 가야 할 곳, 또한 가는 길은
향락도 괴로움도 아니다
내일이 오늘보다 낫도록
저마다 행하는 그것이 목적이며 길이다

예술은 길고 세월은 빨리 흐른다
우리의 심장은 튼튼하고 용감하지만
지금 이 순간에도 낮은 북소리처럼

무덤으로 가는 장송곡을 울리고 있다

인생이란 드넓은 싸움터에서
들판에서 잠을 잔다 하더라도
발 잃고 쫓기는 짐승같이 되지 말고
싸움에 뛰어드는 영웅이 되라

아무리 즐거워도 내일을 믿지 마라
죽은 어제는 그대로 묻어 버려라
행동하라, 살아 있는 지금 행동하라
안에는 마음이, 머리 위에는 하나님이 있다

위인들의 생애는 우리를 일깨운다
우리도 훌륭한 인생을 이룰 수 있으며
우리가 지나간 시간의 모래 위에
발자국을 남길 수 있다.

그 발자국은 훗날 다른 사람이

인생의 장엄한 바다를 건너다가 조난당해
버려진 형제의 눈에 띄어
새로운 용기를 얻게 될 것이다

이제 우리 모두 일어나 일하자
어떤 운명에도 굴하지 않을 용기를 가지고
끊임없이 이루고 도전하면서
일하며 기다림을 배우자.

*롱펠로(Longfellow, Henry Wadsworth, 1807-1882): 미국 시인으로 하버드대학 교수로 재직하면서 많은 시를 남겼다. 유럽 대륙 여러 나라의 민요를 번역해 미국 대중에게 전달한 공적이 크다. 저서로는 《에반젤린》, 《하이어워사의 노래》 등이 있다.

화살의 노래

롱펠로

화살 하나를 하늘로 쏘았다
화살은 땅에 떨어졌지만, 어딘지 알 수 없었다
얼마나 빨리 날아갔는지 눈으로 따라갈 수 없었다

하늘을 향해 나는 노래를 불렀다
노래가 땅에 떨어졌지만, 어딘지 알 수 없었다

누가 날아가는 노래를 쫓아갈 만큼
날카롭고 강한 눈을 가졌을까?

오래 오래 세월이 지난 뒤
참나무에서 부러지지 않은 그 화살을 찾았다
그리고 노래는 사랑하는 사람의 영혼 속에
그대로 살아 있는 것을 찾았다

고독

릴케

고독은 비와도 같은 것
바다로부터 저녁을 찾아 오른다
고독은 멀리 외진 벌판에서
언제나 외로운 하늘로 올라가서
하늘에서 다시 도시 위로 내린다

모든 골목길마다 아침을 향해 뒤척일 때
아무것도 찾아내지 못한 육신들이
실망과 슬픔에 젖어 서로를 떠나 갈 때
서로 미워하는 사람들이
한 잠자리에 함께 들어야 할 때
낮과 밤이 뒤엉킨 시각 비 되어 내리면
고독은 강물과 더불어 흘러간다.

*릴케(Rilke, Rainer Maria, 1875–1926): 독일 시인. 프라하 대학과 뮌헨 대학에서 철학, 독문학, 미술사를 공부했다. 1927년 백혈병으로 영면하기까지 《두이노의 비가》, 《오르페우스에게 바치는 소네트》, 《말테의 수기》 외 다수의 시집, 소설집을 남겼다.

사랑은 어떻게

릴케

사랑은 어떻게 그대를 찾아왔던가요
빛나는 태양처럼 찾아 왔던가요
아니면 우수수 지는 꽃잎처럼 찾아 왔던가요
아니면 하나의 기도처럼 찾아 왔던가요… 말해주세요

행복이 반짝이며 하늘에서 풀려 나와
날개를 접고 마냥 흔들리며
꽃처럼 피어나는 내 영혼에 커다랗게 걸려 있었습니다.

사랑의 노래

릴케

내 영혼이 당신의 영혼에 이르지 않는다면
어찌 내 영혼을 간직하오리까
어찌 내가 당신 위로 내 영혼을 밀어 올릴 수 있으오리까
아, 어둠속에 잃어버린 것
당신의 깊은 마음이 흔들려도
흔들리지 않는 조용하고 외딴 곳에
내 영혼을 두고 싶네
당신과 내 몸이 스치는 곳은 모두
마치 두 줄의 현에서 한 소리를 내는 바이올린처럼
우리를 묶어 놓네
어떤 악기가 우리를 묶어 놓는 것일까
어느 바이올리니스트가 우리를 묶어 놓는 것일까
아, 달콤한 노래여.

방황

바이런

이제는 더 이상 헤매지 말자
이토록 늦은 한밤중에
지금도 가슴속에는 사랑이 깃들고
지금도 달빛은 밝지만

칼을 쓰면 칼집에 해어지고
영혼이 괴로우면 가슴이 허나니
심장도 숨쉬려면 쉬어야 하고
사랑도 때로는 쉬어야 하나니

밤은 사랑을 위해 있고
낮은 너무도 빨리 돌아오지만
이제는 더 이상 헤매지 말자
아련히 흐르는 달빛 사이를….

*바이런(Lord Byron, George Gordon, 1788-1824): 영국의 낭만파, 날카로운 풍자 시인. 방종한 아버지의 영향으로 내부적인 반항이 심했으나 독실한 청교도 교육으로 극복하였다. 《게으른 나날》, 《카인》, 《사르다나 팔루스》, 《코린트의 포위》 등 다수.

우리 둘 헤어질 때

바이런

우리 둘 헤어질 때
말없이 눈물 흘렸네
여러 해 떨어질 생각에
가슴 찢어졌었지
그대 뺨 창백해지고
그대 키스 차가웠네
이 같은 슬픔은
사실 이미 예고돼 있었지

내 이마에 차갑게 가라앉은
그날 아침 이슬
바로 지금 이 느낌을
경고한 느낌이었어
그대 맹세 모두 깨지고
그대 명성도 모두 사라졌으니
누가 그대 이름 부를 때
그건 부끄러움이었네

남들이 내게 그대 이름 말하면
나에게는 죽음의 종처럼 들리고
온몸은 몸서리쳐져
왜 그리도 그대 사랑스러웠을까
내 그대 알았던 것 남들은 몰라
너무나 잘 알고 있었던 걸
오래오래 난 그대를 슬퍼하리
말로 못할 만큼 너무나 깊이

남몰래 만났던 우리
이제 난 말없이 슬퍼하네
잊기 잘하는 그대 마음
속이기 잘하는 그대 영혼
오랜 세월 지난 뒤
그대 다시 만나면
나는 그대에게 어떻게 인사하나
말없이 눈물 흘리며.

아름다운 그녀

바이런

별이 총총히 박힌 구름 한점 없는 밤하늘처럼
그녀는 아름답게 걷는다
어둠과 빛의 정수는 모두
그녀의 얼굴과 눈 속에서 만나고,
하늘이 햇볕이 쨍쨍 내리쬐는 낮에는 안 보이는
부드러운 빛을 준다
그늘 한 점이 더하고 빛이 한 줄기만 덜했어도
새까만 머리칼마다 물결치고
혹은 부드럽게 그녀의 얼굴을 밝혀 주는
형언할 수 없는 그 우아함을 반은 해쳤으리라
그녀의 얼굴에는 상냥함이 은은하고 감미롭게 솟아나
그 보금자리는 더 없이 순결하고 사랑스럽다
저 뺨과 이마 위에서
부드럽고 침착하나 힘차게
마음을 사로잡는 미소, 환히 피어나는 얼굴빛
그러나 미덕으로 보낸 날들은 말해준다
평화로운 그 마음속
가슴속 사랑의 순결함을.

내 사랑은 빨간 장미꽃

번즈

오, 내 사랑은 유월의 새로 피어난
빨갛고 빨간 한 송이 장미꽃
오, 내 사랑은 고운 노랫소리
멜로디 따라 흐르는 노랫소리

그대 정녕 아름다운 나의 귀여운 소녀
이토록 애절하게 사랑해요
바닷물이 다 말라버릴 때까지
내 사랑은 한결같으리

바닷물이 다 말라버릴 때까지
바위가 햇빛에 녹아 사라질 때까지
내 살아 있는 날까지
내 사랑은 한결같으리

안녕, 하나뿐인 내 사랑이여
우리 잠시 헤어져 있어도
천 리 만 리 멀리 떨어져 있어도
나는 다시 돌아오리.

*번즈(Robert Burns, 1759–1796): 스코틀랜드의 가장 사랑 받는 국민 대표 시인.

가을의 노래

베를레느

가을날
바이올린의 긴 흐느낌이
가슴속에 스며들어
마음 설레고 쓸쓸하여라

시간을 알리는 종소리에
답답하고 가슴 아파
지난날의 추억에
눈물 흘린다

그리고 나는 궂은 바람에
여기저기 정처 없이
굴러다니는
낙엽과 같아라.

*베를레느(Paul Verlaine, 1844-1896): 프랑스의 상징주의의 시조로 불리는 시인. 술과 여자, 질병과 가난으로 불행한 일생을 보냈다.

사람과 바다

보들레르

자유인이여
그대는 언제나 바다를 사랑할 것입니다
바다는 그대의 거울입니다
그대는 자신의 영혼을
끝없이 출렁거리는 파도 속에 봅니다
그대 마음 또한 바다에 지지 않는 깊은 심연입니다

그대는 기꺼이
그대 영상의 품에 잠겨
눈과 팔에 그것을 꼭 껴안고
때로는 산란한 마음을 잊으려합니다
이 걷잡을 수 없는
거친 바다, 탄식하는 물결 소리에

바다나 그대나
모두 어둡고 비밀이 많습니다
사람이여 그대 마음의 심연을 찾아 낸 자는
아무도 없습니다

오오 바다여 그대 물 밑의
그 부원을 아는 자는 아무도 없습니다
지금까지 아무도

그대들은 자신의 비밀을 지킵니까!
그러면서도 지금까지 몇 백 년
그대들은 인정도 후회도 없이
서로 투쟁하고 있습니다
그처럼 그대들은 살육과 죽음이 좋습니까
오오 영원의 투사들이여
서로 화목하기 어려운 형제들이여.

*보들레르(Baudelaire, Charles-Pirre, 1821-1867): 프랑스의 시인. 아버지는 62세의 원로원 관료였고 어머니는 28세의 후처로, 태생적으로 문제가 있어 성장하면서 방종과 방랑 생활을 하였다. 그렇지만 고도의 비평정신과 관능과 음악성이 넘치는 시들을 남겼다.

음 악

보들레르

음악은 때때로 바다처럼 나를 사로잡는다!
나의 창백한 별을 향하여
안개 낀 천장 아래 광활한 대기 속으로
나는 돛을 올린다

가슴을 활짝 펴고
돛처럼 부푼 가슴 내밀고
밤이 가리는 파도의 물결 위를
나는 타고 간다

나는 내 속에서 진동함을 느낀다
요동치는 배의 온갖 열정을
순풍과 폭풍, 그리고 그 격변이

끝없는 바다 위에서
나를 흔들고, 그리고 나서는 잔잔한 바다
내 절망의 거대한 거울이여!

아름다운 배

보들레르

내 그대에게 말하리라
오오, 요염한 여인이여!
그대의 젊음을 장식하는
가지가지 아름다움을
내 그대에게 그려 보여 주리라
소녀 같은 순진함과
성숙함이 조화된 그대의 아름다움을

그 폭 넓은 의상으로
바람을 가르고 걸어갈 때에
그대 모습은 아름다운 배,
활짝 편 돛을 달고
조용한 리듬에 맞춰
미끄러져 바다로 나가는 배와도 같다

넓고 둥근 목덜미
어깨 위 소복한 그대 머리는
신비스럽고 우아하게 걸어간다

자랑스러운 듯 조용히
그대는 길을 걸어간다
위엄에 찬 어린애 모양

내 그대에게 그려 보여 주리라,
소녀 같은 순진함과
성숙함이 조화된 그대의 아름다움을

무늬 옷 튀어나온 볼록한 그대 유방은
자랑스런 그대 유방은
아름다운 옷장인가

부풀어 오른 거울 판은
방패 모양 광선을 받고
반짝반짝 빛난다

장밋빛 못질을 하고 덤벼드는 방패!
머리와 마음을 미치게 하는 술과 향료, 리큘

온갖 즐거운 것 가득 찬
보이지 않는 비밀을 넣은 옷장이여!

그 넓은 의상으로
바람을 가르고 걸어갈 때에
그대 모습은 아름다운 배,
활짝 편 돛을 달고
조용한 리듬에 맞춰
미끄러져 바다로 나가는 배와도 같다

발로 차는 치맛자락 밑 다리는
기품 있는 다리는
강한 욕정을 괴롭도록 일으킨다
검은 미약을 항아리 속에서 반죽하는
두 마녀와도 같이

장수들을 희롱하는 그대 팔은
번들거리는 구렁이와 호적수

애인을 마음속에 그리려는가
살포시 껴안는 그대 팔이여

넓고 둥근 목덜미
어깨 위 소복한 그대 머리는
신비스럽고 우아하게 걸어간다
자랑스러운 듯 조용히
그대는 길을 걸어간다,
위엄에 찬 어린애 모양.

당신을 어떻게 사랑하느냐구요?

브라우닝

당신을 어떻게 사랑하느냐구요?
헤아려보죠
비록 그 빛이 안 보여도... 존재의 끝과 영원한 영광에
내 영혼이 이를 수 있는,
그 도달할 수 있는 곳까지 사랑합니다
태양 밑에서나 또는 촛불 앞에서나
나날의 얇은 경계까지도 사랑합니다
권리를 주장하듯 자유롭게 당신을 사랑합니다
칭찬 속에서 돌아서듯 순수하게 당신을 사랑합니다
옛 슬픔에 쏟았던 정열로서 사랑하고
내 어릴 적 믿음으로 사랑합니다
세상 떠난 성인들과 더불어 사랑하고
잃은 줄만 알았던 사랑으로서 당신을 사랑합니다
나의 한 평생 숨결과 미소와 눈물로서
당신을 사랑합니다
주의 부름을 받더라도 죽어서 더욱 사랑하겠습니다.

*브라우닝(Browning, Elizabeth Barrett, 1806-1861): 영국의 대표적인 여류시인. 주요 작품으로는 번역시를 가장하여 남편에 대한 사랑을 고백한 《포르투갈인으로부터의 소네트》, 장편서사시 《오로라 리》 등이 있다.

나를 사랑한다면

브라우닝

당신이 나를 사랑한다면
오직 사랑을 위해서만 사랑해주세요.
부디 그녀의 미소와 아름다운 얼굴,
부드러운 말씨 때문이라고
또는 나와 잘 어울리는 생각을
하기 때문이라고는
말하지 말아주세요
그대여,
이런 것들은 자연스레 변할 수도 있고
당신을 변하게 할 수도 있으니까요
그렇게 맺어진 사랑은 깨질지도 모른답니다
내 눈물을 닦아 주려는
생각만으로 사랑하지 말아주세요
오랫동안 당신의 위안을 받아
울음을 잊어버리게 되면
그때는 당신의 사랑을 잃을지도 모르니까요
영원히 언제까지나 사랑할 수 있는
그런 사랑으로만 나를 사랑해주세요.

당신이 원하신다면

아폴리네르

당신이 만일 원하신다면
나 당신께 드리렵니다
아침, 더없이 활기찬 나의 아침

그리고 당신이 좋아하는
반짝이는 나의 머리카락과
금빛나고 푸른 나의 눈을

당신이 만일 원하신다면
당신께 드리렵니다
따사로운 햇살 비치는 아침에
들려오는 모든 소리와
가까이 분수에서 들리는
청량한 물소리를
그리고 마침내 찾아들 저녁노을을
내 쓸쓸한 마음의 눈물인 저녁노을

또 조그만 내 손

그리고 당신의 마음 가까이
있어야만 될
나의 마음을.

*아폴리네르(Wilhelm Apollinaris de Kostrowitzki, 1880–1918): 프랑스의 시인, 소설가, 출생지는 로마.

낙엽

예이츠

가을은 우리를 사랑하는 긴 나뭇잎 위에 왔습니다
그리고 보릿단 속 생쥐에게도,
머리 위 마가목 나뭇잎은 노랗게 물들고
이슬 맺힌 산딸기 잎도 노랗게 물들었습니다

사랑이 시드는 계절이 다가왔습니다
우리의 슬픈 영혼은 이제 지치고 피곤합니다
우리 헤어집시다, 정열의 계절이 우리를 잊기 전에
그대 고개 숙인 이마에 키스와 눈물을 남기고.

*예이츠(Yeats, William Butler, 1865–1939): 아일랜드의 시인, 극작가로 1923년 노벨문학상을 수상했다. 주요 저서로는 《환상》, 《마이켈 로버츠와 무희(舞姬)》 등이 있다. 환상적이며 시적인 《캐서린 백작부인》을 비롯하여 몇 편의 뛰어난 극작품도 남겼다.

하얀 새들

예이츠

내 사랑하는 그대여,
나는 바다의 물거품 위를 나는 하얀 새가 되고 싶소!
유성의 불길이 사라지기도 전에 이미 지쳐 버리고
하늘가 낮게 걸린 반짝이는 푸른 별 그 불꽃은
내 사랑하는 그대여,
끝없는 슬픔을 우리들 가슴에 일깨워 주었소

이슬 맺힌 장미와 백합,
저 꿈과 같은 것들에게서는 피로가 오네
아, 사랑하는 그대여,
사라지는 유성의 불꽃은 꿈꾸지 맙시다
이슬은 내리고 낮게 걸려 서성이는 푸른 별의 불꽃도
나는, 우리가 떠도는 물거품 위의 하얀 새가 되고 싶기
때문이오, 그대와 내가!

나는 수많은 섬들,
그리고 많은 다나안 해안가를 떠날 수가 없소
그곳에선 분명 시간이 우리를 잊을 것이고,

슬픔도 더 이상 우리에게 다가오지 못할 것이며
이내 장미와 백합, 그리고 가슴 태우는 불꽃도
사라지리니
사랑하는 그대여,
우리 저 바다의 물거품 위를 떠도는 하얀 새들만 된다면.

수선화

워즈워스

산골짜기 산 너머 떠도는 구름처럼
정처 없이 거닐다
나는 보았네
호숫가 나무 아래
미풍에 너울거리는
무리지어 활짝 핀 황금빛 수선화를

은하에 빛나며
반짝이는 별들처럼
물가를 따라
끝없이 줄지어 피어 있는 수선화
무수한 꽃송이
한들한들 고개 춤추네

주위의 물살도 춤을 추지만
수선화의 춤보다야 나을 것이랴
이토록 흥겨운 꽃밭과 어울릴 때
시인의 흥겨움은 더해지나니

나는 그냥 바라보고 또 바라볼 뿐
그 정경의 보배로움은 알지 못했노라

하염없이 홀로 생각에 잠겨
나 자리에 누워 있을 때
내 마음에 그 모습 떠오르나니,
이는 바로 고독의 축복 아니랴,
그때 내 마음은 기쁨에 넘쳐
수선화와 더불어 춤을 추노라.

*워즈워스(Wordsworth, William, 1770-1850): 영국의 낭만파 시인. 주요저서로는 《서곡 Prelude》, 《루시의 노래》, 《저녁의 산책》 등이 있다. 시인으로서의 명성은 1820년경부터 점차 높아져 1843년에는 R. 사우디의 뒤를 이어 계관시인이 되었다.

씨 뿌리는 계절, 저녁

위고

지금은 황혼
창가에 앉아
마지막 일하는 모습을 비추는
하루의 끝을 황홀하게 바라봅니다

허름한 옷을 입은 한 노인이
밤이슬 젖을 밭에 미래에 수확할 씨앗을
한 움큼 가득 뿌리는 것을
흐뭇한 마음으로 바라봅니다

노인의 긴 그림자가 넓은 밭을 채우니
노인은 계절의 소중함을
분명 믿고 있다는 것을
우리는 알고 있습니다

농부는 넓은 들판을 오가며
씨를 뿌리고
한 움큼 뿌리고 또 뿌리는 모습을

나는 숨어서 바라봅니다

떠들썩한 소리 들려오는 저 그림자
장막의 나래를 펴며
별나라에까지 이를 듯
씨앗 뿌리는 농부의 큰 모습.

*빅토르 위고(Hugo, Victor-Marie, 1802-1885): 프랑스의 낭만파 시인, 소설가, 극작가. 나폴레옹 시절 장군의 아들로 태어났으며, 죽어서는 프랑스 국민이 가장 사랑하는 국민적 대시인으로 추앙되었다.

이리 오세요! 눈에 보이지 않는 피리

위고

이리 오세요! 눈에 보이지 않는 피리가
목장에서 쉽니다
가장 평화로운 노래는
목동의 노래

바람은 떡갈나무 아래서
어두운 물거울에 잔물결을 일으킵니다
가장 즐거운 노래는
새들의 노래

어떠한 걱정도 하지 마세요
우리 사랑합시다! 영원히 사랑합시다!
가장 매혹적인 노래는
사랑의 노래.

귀

장 콕토

내 귀는 소라껍질
바다 소리를 그리워한다.

*콕토(Cocteau, Jean, 1889–1963): 프랑스의 시인, 소설가, 극작가. 부유한 가정에서 태어나 성장하면서 피카소, 작곡가 스트라빈스키 등 전위적인 예술가들과 교유하며 문단과 예술계에 물의를 일으키기도 했지만 본질은 순수한 시인이었다. 작품 〈귀〉는 두 줄로 된 짧은 시로 더 많이 알려진 시.

무희

장 콕토

게가 발끝으로 걸어나온다
두 팔로 꽃바구니 모양을 만들고
귀 밑까지 찢어질 듯한 웃음을 짓는다

오페라의 무희는
게와 똑같이 닮은 모습
색칠한 무대 뒤에서
두 팔로 원을 그리며 나온다.

사랑

장 콕토

사랑하는 것은
사랑 받는 것
살아있으므로 고뇌하는 것

아!
누군가에게
가장 소중한 존재가 될 수 있는 것
그래서 우리를 슬프게 하는 것
사랑은 누군가에게
가장 소중한 존재가 되는 것.

나는 눈물을 갖기를 원합니다

칼릴 지브란

가끔 찬란한 슬픔에 묻혀
가슴 저미는 고통에 괴로워합니다
그래도 내 가슴속의 슬픔을 기쁨과는 바꾸지 않겠습니다
내 안의 구석구석에서 흐르는 슬픔이
웃음으로 바뀌지는 것이라면
나는 그런 슬픔으로는 눈물 흘리지 않으렵니다

눈물은 가슴을 씻어주고
삶의 비밀과 감추어진 것들을 이해하게 해줍니다
눈물은 부서진 가슴을 가진 사람들을
하나로 묶어주는 힘이 있습니다
나의 삶은 눈물을 갖기를 원합니다.

*칼릴 지브란(Kahlil Gibran, 1883~1931): 철학자 · 화가 · 소설가 · 시인으로 유럽과 미국에서 활동한 레바논의 대표작가. 주요작품으로는 《예언자》, 《모래 · 물거품》, 《방랑자》, 《부러진 날개》 등이 있다.

운명적인 사랑

칼릴 지브란

그 깊은 떨림
그 가슴 벅찬 깨달음
그토록 익숙하고 그토록 가까운 느낌

그대를 처음 본 순간
나는 알아 버렸습니다
그리고 사랑은 시작되었습니다

지금도 그날의 떨림은 생생합니다
달라진 것은
단지, 천 배나 깊고, 천 배나 더 애틋해졌을 뿐
나는 그대를 영원까지 사랑하겠습니다
이 몸이 태어나 그대를 만나기 훨씬 전부터
나는 그대를 사랑하고 있었나 봅니다
그대를 처음 본 순간 나는 그것을 알아 버렸습니다
운명
그대와 나의 사랑은 이처럼 운명이기에
그 무엇도 우리를 갈라놓을 수는 없습니다.

바닷가에서

타고르

아득한 나라 바닷가에 아이들이 모였습니다
끝없는 하늘 그림같이 고요한데
물결은 쉴 새 없이 넘실거립니다
아득한 나라 바닷가에
소리치며 뛰뛰며 아이들이 모였습니다

모래성 쌓는 아이,
조개껍데기 줍는 아이,
마른 나뭇잎으로 배를 만들어 웃으면서 한바다로 보내
는 아이,
모두 바닷가에서 재미나게 놉니다

그들은 모릅니다
헤엄칠 줄도, 고기잡이할 줄도,
진주를 캐는 이는 진주 캐러 물로 들고
상인들은 돛 올려 오가는데,
아이들은 조약돌을 모으고 또 던집니다

그들은 남모르는 보물도 바라잖고
그물 던져 고기잡이할 줄도 모릅니다

바다는 깔깔거리고 소스라쳐 부서지고,
기슭은 흰 이를 드러내어 웃습니다

사람과 배 송두리째 삼키는 파도도
아가달래는 엄마처럼, 예쁜 노래를 불러 들려줍니다
바다는 아이들과 재미나게 놉니다
기슭은 흰 이를 드러내며 웃습니다

아득한 나라 바닷가에 아이들이 모였습니다
길 없는 하늘에 바람이 일고
흔적 없는 물 위에 배는 엎어져
죽음이 배 위에 있고 아이들은 놉니다
아득한 나라 바닷가는 아이들의 큰 놀이텁니다.

*타고르(Rabindranath Tagore, 1861-1941): 인도의 시인, 사상가, 교육자. 1913년 노벨 문학상을 받았으며, 3·1 운동의 실패로 실의에 빠져 있는 한국인을 위해 〈패자의 노래〉를 보내왔으며, 〈동방의 등불〉을 동아일보에 기고하기도 하였다.

동양의 등불

타고르

일찍이 아시아의 황금 시기에
빛나던 등불의 하나인 코리아
그 등불 다시 한 번 켜지는 날에
너는 동방의 밝은 빛이 되리라

마음에는 두려움이 없고
머리는 높이 쳐들린 곳
지식은 자유롭고
좁다란 담벽으로 세계가 조각조각 갈라지지 않는 곳
진실의 깊은 곳에서 말씀이 솟아나는 곳
끊임없는 노력이 완성을 향해 팔을 벌리는 곳
지성의 맑은 흐름이 굳어진 습관의 모래벌판에
길 잃지 않는 곳
무한히 퍼져 나가는 생각과 행동으로
우리들의 마음이 인도되는 곳

그러한 자유의 천국으로
내 마음의 조국 코리아여 깨어나소서.

종이배

타고르

날마다 종이배를 하나씩 흐르는 물에 띄워 보냅니다
크고 검은 글씨로 종이배 위에
내 이름과 내가 사는 마을 이름을 적어 놓습니다
낯선 나라 누군가가 내 배를 발견하고
내가 누구인지 알아주길 바라고 있습니다
우리 집 정원에서 따온 슈리꽃을 내 작은 배에 싣고
이 새벽의 꽃들이 밤의 나라로
무사히 실려 가길 바라고 있습니다
종이배를 띄우고 하늘을 보고,
바람 안은 흰 돛 모양의 조각구름을 바라봅니다
하늘의 내 놀이 친구들이 내 배와 경주하기 위하여
바람을 구름에 실려 보내나 봅니다!
밤이 오면 나는 얼굴을 팔 안에 묻고
한밤의 별 아래 내 종이배가 흘러, 흘러가는 꿈을 꿉니다
잠의 요정들이 그 배에서 노를 젓고,
뱃짐은 꿈으로 가득찬 바구니입니다.

애너벨 리

포우

아주아주 오랜 옛날
바닷가 한 왕국에
애너벨 리라는
한 소녀가 살았습니다
소녀는 날 사랑하고 내 사랑을 받는 것밖에는
아무것도 모르며 살았습니다

바닷가 이 왕국에
나도 어리고 소녀도 어렸죠
하지만 우리는 더 할 수 없을 만큼
사랑했어요, 나와 애너벨 리는
하늘의 날개달린 천사들이
소녀와 나를 시샘할 만한 사랑으로

그 때문에 오래 전, 바닷가 이 왕국에
한밤중 바람이 구름으로부터 불어와
아름다운 애너벨 리를
싸늘하게 만들어버렸어요

그리고 소녀의 가까운 친척들이 와서
소녀를 내 곁에서 데려가
바닷가 이 왕국
무덤에 가둬버렸죠

천국에서 우리 반만큼도 행복하지 못한 천사들이
소녀와 나를 시샘한 것이었어요
그래요! 그 때문이었죠
–바닷가 이 왕국 사람들은 다 알고 있어요–
한밤중 구름 속에서 바람이 일어
나의 애너벨 리를 싸늘하게 죽여버린 걸

하지만 우리의 사랑은 더 강했습니다
우리보다 나이 많은 사람들의 사랑보다
우리보다 현명한 많은 사람들의 사랑보다도

그래서 하늘의 천사들도
바다 밑의 악마들도

내 영혼과 아름다운 애너벨 리의 영혼을
떼어놓지 못하죠

달이 뜨면 나는 언제나 꿈을 꾸죠
아름다운 애너벨 리의 꿈을
별이 뜨면 나는 느끼죠
애너벨 리의 빛나는 눈동자를
그래서 나는 밤새도록
내 사랑, 내 사랑, 내 생명, 내 신부의 곁에 누워 있어요
바닷가 소녀의 무덤
파도치는 바닷가 무덤 속에.

*포우(Poe, Edgar Allan, 1809–1849): 미국의 시인, 소설가 비평가. 3세도 안 되어 고아가 되어 항상 이상적인 여성상을 추구하던 중, 젊고 아름다운 친구 어머니에게 연민의 정을 느낀 적도 있었다. 가난 속에서 아내와 사별한 포우는 건강을 돌보지 않아 40이라는 젊은 나이에 객사하였다.

엘도라도

포우

화려하게 치장한
용감한 기사 하나가
햇볕과 그늘을 지나
노래를 부르며
오랜 여행을 했네
엘도라도를 찾아서

그러나 그도 늙고 말았지
그토록 용맹하던 그 기사도
엘도라도와 비슷한 곳은
이 지상에서는 찾을 수 없어
그의 가슴 위에 그림자 하나 떨어졌네

마침내 그가 지쳐
힘이 다했을 때
그는 한 순례자의 그림자를 만나
'그림자여' 그는 물었지
'어디에 가면 찾을 수 있을까

그 엘도라도의 땅을?

'달나라의 산을 넘어
그림자 나라의 골짜기 아래
말타고 달려보게, 용감하게 달려 보게'
그림자는 대답했네-
'만약 당신이 엘도라도를 찾고 있다면!'

* 엘도라도(El Dorado)는 아마존 강변에 있다고 상상한 황금의 나라 · 보물 산.

삶이 그대를 속일지라도

푸시킨

삶이 그대를 속일지라도
서러워하거나 노여워하지 말라
슬픔의 날 참고 견디면
이제 곧 기쁨의 날 오리니
마음은 미래에 사는 것
지금은 비록 슬플지라도
모든 것은 순간적이며 지나가 버리고
지나간 것은 그리움이 된다.

*푸시킨(Pushkin, Aleksandar Sergeevich, 1799-1837): 러시아의 국민적 시인. 러시아 리얼리즘 문학의 확립자로 현실을 정확히 그려내는 것을 지향해 그의 깊은 사상과 교양은 훗날 러시아의 모든 작가들에게 영향을 미쳤다.

차다에프에게

푸시킨

거짓 사랑이랑 희망이랑 영광에
그렇게 언제까지나 홀려 있지는 않았다
꿈과 같이 아침 이슬과 같이
청춘의 즐거움은 사라졌다
그러나 아직 우리들 속에는 희망이 불타고 있다

숙명적인 권력의 중압 속에서
마음을 울렁거리며
조국이 부르는 소리에 귀기울인다
다 꺼져가는 한 줄 희망을 걸고
우리는 신성한 자유의 때를 기다린다

젊은 애인들이 혼례 날을 기다리듯이
우리들 속에 자유의 불이 타고 있는 한
정의를 바라는 마음이 죽지 않는 한
벗이여 아름답게 불붙는 열정을
우리는 조국에 바치자
벗이여 믿으라

이윽고 마음 설레게 하는
행복의 별이 하늘에 반짝이고
러시아는 꿈에서 깨어나리라
그리고 전제정치의 폐허 위에
우리의 이름이 오르리라!

* 차다에프는 푸시킨이 존경하고 친했던 러시아의 작가.

덧없는 사랑의 꿈속에서

푸시킨

덧없는 사랑의 꿈속에서
지나가 버린 청춘의 날이여
나는 너를 애석히 생각하지는 않는다
애욕의 피리가 기꺼이 노래하던 밤의 비밀이여
나는 너를 애석히 생각하지는 않는다

화려하던 연회여
동그란 술잔이여
실없던 친구들이여
돌아서서 가 버린 여자여

나는 너를 애석히 생각하지는 않는다
나는 그런 즐거움을 버리고
홀로 생각에 잠기고 있다

그러나 저 감격과
젊은 희망과 마음의 평정에
가득 차 있던 때여

너는 어디로 갔느냐?
그때의 열정과 영감은
어디로 다 가 버렸느냐?
나의 청춘이여
다시 한번 돌아와 다오!

가지 않은 길

프로스트

노란 숲 속에 두 갈래 길이 있었습니다
나는 두 길을 다 가 볼 수 없어서
안타까운 마음으로 오래도록 서서
한 길이 굽어 꺾여 내려간 데까지
바라볼 수 있는 곳까지 바라보았습니다

그리고 똑같이 아름다운 한 길을 택했습니다
다른 한 길과 똑같이 아름답고 풀이 더 있어
사람을 부르는 듯 하여 더 나은 것 같았습니다
사람이 밟고 지나간 흔적은
다른 한 길과 비슷하기는 했지만.

그날 아침 두 길은
낙엽 밟은 발자국이 없었습니다
아, 나는 다음 날을 위하여 한 길을 남겨 두었습니다
길은 길에 연하여 끝없이 뻗어 있으므로
내가 돌아올 수 있는 가망성은 없었습니다

오랜 세월이 흐른 다음
나는 어디에선가 한숨쉬며 말할 것입니다
두 갈래 길이 숲 속으로 나 있어서
나는 사람이 덜 다닌 길을 택했는데
결국 그것이 모든 것을 바꾸어놓았다고.

*프로스트(Frost, Robert, 1874-1963): 미국 시인. 40세 이후부터 프로스트는 미국 현대 문학의 대표적인 인물로 추앙되었고, 1930년에는 미국 한림원 회원에 선출되었으며, 네 차례에 걸쳐 퓰리처상을 받았음. 현대 미국 시인 중 가장 순수한 고전적 서정시인으로 꼽힌다.

너의 눈동자

하이네

너의 눈동자를 들여다보면
번뇌도 쓰라림도 모두 다 사라지고
너의 입술에 내 입술을 가져다 대면
내 마음은 풀리고 힘이 솟는다

너의 가슴에 내 몸을 묻으면
하늘로 올라 간 듯
나를 좋아한다는 너의 말을 들으면
나는 그만 울어 버린다.

*하이네(Heinrich Heine, 1797-1856): 독일 시인. 본명은 하리 하이네(Harry Heine). 유대인 포목상 장남으로 태어나 프로테스탄트로 개종한 뒤 개명하였다. 저서로는 실연의 슬픔에서 비롯되는 청년시절의 시집 《노래책》, 혁명적 장편 운문서사시 《독일, 겨울 동화 》, 대시집 《로만체로》 등이 있다.

이 깊은 상처를

하이네

내 마음의 이 깊은 상처를
예쁜 저 꽃들이 알고 있다면
이 아픔을 달래주기 위해
나와 함께 눈물 흘려주리라

슬프게 아파오는 나의 애절함을
밤꾀꼬리가 알았더라면
아름다운 노래 불러
내 마음을 달래주리라

나의 괴로움을 저 별이
황금빛 반짝이는 별들이 알았더라면
그 높은 하늘에서 내려와
상냥하게 위로해주리라

그러나 나의 이 슬픔
아무도 모르고 있나니
알고 있는 사람은 오직 한 사람
내 마음을 찢어놓은 바로 그 사람.

당신을 사랑하기에

헤세

나 당신을 사랑하기에, 지난밤 나는
그토록 설레며 당신에게 속삭였습니다
당신이 나를 영원히 잊지 못하도록
당신의 마음을 가져왔습니다

당신의 마음은 나와 함께 있으니
좋든 싫든 오로지 내것입니다
설레며 불타는 내 사랑
어떤 천사라도 당신을 빼앗아가진 못합니다.

*헤세(Hesse, Hermann, 1877-1962): 독일의 소설가, 시인. 1946년 노벨문학상 수상. 20세기의 문명비판서라 할 수 있는 미래소설 《유리알 유희》, 3개의 단편으로 이루어진 서정적인 《크눌프》, 장편소설 《수레바퀴 밑에서》, 시집 《낭만적인 노래》, 산문집 《자정 이후의 한 시간》 등 다수.

안개 속에서

헤세

안개 속을 헤매면 이상하여라
숲이며 돌들은 모두 외로움에 잠기고
나무들도 서로를 보지 못한다
모두가 다 혼자이다

나의 생활이 아직 활기에 찼을 때는
세상은 친구들로 가득했건만
이제 안개가 내리니
보이는 사람 아무도 없다

어쩔 수 없이 모든 것들로부터
사람을 홀로 떼어놓는 어둠을
전혀 알지 못하는 사람은
참으로 지혜로운 사람일 수는 없다

안개 속을 헤매면 이상하여라
살아 있다는 것은 고독한 것
사람들은 서로를 모르고 산다
모두가 혼자인 것이다.

행복

헤세

행복을 바라고 쫓아다니는 동안은
당신은 행복을 누릴 만큼 성숙되지 못하니
비록 당신이 바라는 것을 모두 가졌다 하더라도

잃은 것을 아쉬워하여 탄식하고
목표를 위해 초조해하는 동안은
당신은 아직 평화가 무엇인지 알지 못한다

모든 희망을 체념하고
목표도 욕망도 다 버렸을 때
행복이라고 말하지 않을 때

그때 비로소 세상의 모든 일들이
당신 마음에 걸리지 않게 될 것이며
당신의 영혼은 안식을 얻을 것이다.

내가 가끔 조용히 찾아가는 그대여

휘트먼

그대와 함께 있고 싶어
내가 가끔 조용히 그대 있는 곳으로 가게 되는
그대여 내가 그대 옆을 지나가거나,
가까이 앉아 있거나,
함께 같은 방 안에 있을 때,
그대는 모르리라
그대 때문에
내 마음속에 요동치는
미묘한 감동적인 불꽃을.

*휘트먼(Whitman, Walt, 1819~1892): 미국 시인. 미국 민주주의 실현에 많은 노력을 했다. 저서로는 《풀잎》, 《자선일기 기타》 등이 있다.

뻐꾸기

휘트먼

오, 유쾌한 새로 온 손님이여! 나는 들었노라,
나 그대 목소리 듣고 즐거웠노라.
오, 뻐꾸기여! 내 그대를 새라고 부를까,
아니면 헤매는 소리라고 부를까?
나 풀밭에 누워서
화음으로 우는 그대의 소리를 듣는다
한 번은 멀리 한 번은 가까이
이 산 저 산 옮겨 다니네.
골짜기에겐 한갓
햇볕과 꽃 이야기로 들릴 테지만
그대는 나에게
환상적 시절의 이야기를 들려준다.
정말로 잘왔노라, 봄의 귀염둥이여!
그대는 아직 지금도 나에게는 예술
새가 아니고, 그러나 보이지 않는 것
신비스런 목소리.
학창시절에 들었던
그 목소리, 바로 그 소리

숲속과 나무와 하늘을
수없이 바라보게 했던 그 소리.
나 그대를 찾으러
숲속과 풀밭을 얼마나 헤매었던가
그대는 지금도 나의 희망이요 사랑인데
아직도 보이지 않네!
그리고 지금도 들판에 누워
아직도 그대 목소리에 귀 기울인다
그리고 그 소리를 듣고 있으면
황금 같은 그 시절이 다시 온다.
오, 축복받은 새여!
우리가 발 딛고 있는 이 땅에 다시 나타나
꿈같은 요정의 나라
바로 그대를 위한 집이네!

마음으로 읽고 가슴으로 느끼는 詩 - *End*